W I N G S • N O V E L

倫敦花幻譚⑤

ミュゲ～天国への階～

篠原美季
Miki SHINOHARA

新書館ウィングス文庫

S H I N S H O K A N

倫敦花幻譚⑤ ミュゲ～天国への階～

目次

CHARACTERS

ケネス・
アレクサンダー・
シャーリントン
ネイサンとは
学生時代からの友人。
無類の昆虫愛好家。
ドナルド・ハーヴィー
ネイサンとは
学生時代からの友人。
種苗業を営む。
ウィリアム・スタイン・
ロンダール
無類の植物愛好家。
幼馴染みのネイサンの
美貌に執着。
第6代ロンダール公爵。

倫　敦　花　幻　譚

バーソロミュー
ネイサンの家令、執事、フットマンを兼任する。
レベック
ネイサンの植物採集の助手。謎の多い人物。植物の声を聞くことができる。
ネイサン・ブルー
プラントハンター、植物学者。地主階級《ジェントリー》ながらウィリアムとは幼馴染みの関係。目立つ美貌の持ち主。

イラストレーション◆鳥羽 雨

ミュゲ～天国への階《きざはし》～

序章

月明かりに照らされた庭。

聞こえてくるのは、小川のせせらぎと絶え間なく流れてくる夜行性の虫たちの声だ。あと、それらに混じり、時おり、どこかでフクロウの鳴く声がする。

ホオ。

ホオ。

もの悲しい声である。

いったい、どこで鳴いているのか。

すると、その鳴き声につられたのか、一人の乙女《おとめ》が、カンテラを手に庭に出てきた。

あたかもその声に導かれるかのように生垣《いけがき》の間をまっしぐらに進んでいった彼女は、城の明かりがまったく届かない庭の奥にある森に入ると、一本のオークの木の前で足を止めた。

どうやら、くだんの鳥は、その木の枝に止まって鳴いているらしい。

ホオ。

ホオ。

頭上から落ちてくる声に応《こた》えるように顔をあげた彼女は、改めてオークの木を見つめる。

古い木だ。

いびつにねじれた枝が四方に伸び、色づいた葉が、この木を住処《すみか》としている小動物たちを隠している。さらに、太い幹の一部は空洞になっていて、表面にぱっくりと開いた口からは虚《うつ》ろな闇《やみ》が覗《のぞ》いていた。

暗い穴。

魔力を秘めた穴——とでも言うべきか。

じっと見つめていると、その穴の暗がりに囚《とら》われてしまいそうである。そして、事実、フクロウの鳴き声につられてやってきた乙女が、今まさに、その穴の魔力に取り込まれようとしていた。

そこに、なにがいるわけでもない。

ただの空虚な穴だ。

だが、やはり、なにかが潜《ひそ》んでいるようにも見えた。

闇色の空洞を見つめる乙女の瞳が、一瞬、翳《かげ》りを帯びたようにフッと揺らぐ。

ややあって、彼女がつぶやいた。

「——誰？」

しかし、それに応える声はなく、警告するようにバサバサと羽ばたいたフクロウが、すぐに鋭い声をあげて枝から飛び立っただけだった。

その声でハッとした彼女は、我に返ったように自分の二の腕をさすりながらあたりを見まわす。

はて。

自分は、なぜ、こんな夜分に、庭に出てみようなどと思ったのか。

いったい、なにをしたかったのか。

悩ましげな彼女を、城のほうで誰かが呼ぶ。

「お嬢様〜、パトリシア様〜」

そこで覚束《おぼつか》ない心地のまま、急いで部屋に戻った彼女は、使用人に夜間の外出を怒られつつ、同じ使用人が用意してくれたお茶を飲むうちに、今しがたの出来事を忘れ、いつもの生活に溶け込んでいった。

そんな彼女のいる部屋の窓からは、相変わらず月明かりに照らされた夜の庭が見えている。

と、その時――。

先ほどまで彼女がいた森の入り口あたりに、まるで暗がりから漂《ただよ》い出て来たかのように、一つの人影がゆらゆらと浮かびあがった。

マントに身を包んだその者は、少し前にフクロウの飛び去った西の空を見あげながらどこか皮肉げにつぶやく。

「なんと、愚《おろ》かな」

それから腰をかがめて足元に落ちていたフクロウの羽を拾いあげると、それを目の前でクルクルとまわしながら憎々《にくにく》しげに続けた。

「裏切り者に、魂《たましい》の解放などない。そのことを、今回もとくと思い知らせてやろう――」

呪《のろ》うように宣言したあと、手にした羽を吹き飛ばし、彼は城のほうへと足を向ける。

その体は、歩いていくうちにしだいに揺らぎ、やがて夜の闇へと消え去った。

第一章　長引く仲違《なかたが》い

1

十九世紀中葉。

大英帝国の首都ロンドンから西に少しくだったハマースミスに、「比類なき公爵家のプラントハンター」として名高いネイサン・ブルーの屋敷はあった。

建物自体はさして大きなものではなかったが、邸内《ていない》はどこも居心地良く整えられ、なにより温室を含めた屋敷の庭は、国内ではめったに見られない変わった花々で埋め尽くされ、当世の人々の間では一見の価値があると評判であった。

その庭に、今、どこからともなく一羽のフクロウが飛んできて、オークの木に止まった。

丸い月が出ている、夏の宵《よい》のことである。

階上にある使用人部屋で寝支度《ねじたく》を整えていた助手のレベックは、どこかで鳴き出したフクロウの声を聞き、ふと掛け布団を動かしていた手を止めて窓のほうを振り返る。

美しい赤毛。

月明かりを受けて金茶色に輝く瞳。

さらに、内側からにじみ出る善性のようなものが、彼の存在を美しく清らかなものにしている。

静止したまま小さく首をかしげたレベックは、しばらく考えた末、剝《は》がしかけの掛け布団をそのままにして踵《きびす》を返し、部屋を出て行く。

フクロウの鳴き声は、間断なく続いている。

その声を頼りに歩いて行った彼は、やがて古いオークの木の下まで来たところで足を止め、頭上を見あげた。

ホオ。

ホオ。

ホオ。

間違いない。

フクロウは、その木のどこかで鳴いている。

そこで改めてあたりに視線をやったレベックは、木の根元に明らかに人工的に植えられたとわかるエニシダの茂みと西洋ナツユキソウが生えているのを見て、目を細めた。

そこに見え隠れする何者かの意図――。

（……なんだろう？）

考え込む彼の背後で、声がする。

「レベック――」

振り返ったところに、この家の主であるネイサン・ブルーが立っていた。

白々と輝く淡い金色の髪。

鮮やかにきらめくペパーミントグリーンの瞳。

なにより、その造形の際立って整った顔は見事としか言いようがなく、スラリとした長身と相まって、彼を優美そのものといった存在に仕立てあげていた。

「ネイサン？」

「窓の外を見ていたら、たまたま君が出て行くのが見えたものだから追って来たんだよ」

説明したあとでオークの木に視線を移し、「もしかして」と続ける。

「君も、フクロウの声が気になったのかい？」

「ということは、貴方《あなた》も？」

「うん。――最近、このへんではあまり耳にしなくなったからね」

近郊の宅地開発などが影響しているのか、フクロウの鳴き声だけでなく、他にも色々と、以前ほど深い自然の中にいる感じはしなくなっている。

そんなことを思うネイサンに、レベックが「それはそうと」と言う。

「ちょうどいいからお訊《き》きしますが、このあたりの植物の配置の仕方は、少し変わっていますね？」

「ああ、それ」

納得したように応じたネイサンが、視線を落として教える。

「それは、僕の母方の祖父——、ほら、例の君と僕を夢で繋《つな》いでくれたおじいさんだけど、彼が生前に植え替えたものであるらしく、僕がここを相続する時の条件として、ここだけは手を加えてはいけないと言われているんだ」

「手を加えてはいけない？」

「うん。——そう言えば、君には、まだその話をしていなかったっけ？」

「はい。初めて聞きました」

ネイサンの植物採集の助手として働くレベックは、当初、庭師の下働きに雇われたこともあって、いまだに暇《ひま》さえあれば庭に出て手入れを手伝っている。

働き者の上、植物に触れているのがなによりも好きなのだ。

だから、ネイサンは、レベックには庭を好きにいじらせているのだが、それだというのに、うっかりその禁忌《きんき》を伝えるのを忘れていた。

ネイサンが続ける。

「このことにどんな意図があるのか、今となってはもうわからないんだけど、いちおう、祖父の遺言《ゆいごん》だから、守るようにしているんだ。——ということで、遅ればせながら、君も気を付けてほしい」

「わかりました」

うなずいたレベックが、改めてオークの木を振り返り、ふたたび考え込むようにしてつぶやいた。

「それにしても、そうですか。おじい様の意図が……」

そんなレベックに、ネイサンが「それより」と告げた。

「君、明日からしばらく、ドニーのところの手伝いに行くことになっているだろう」

「ああ、はい」

「だったら、朝も早いし、もう寝たほうがいい」

「そうですね」

「ドニー」というのは、フルネームをドナルド・ハーヴィーというネイサンの学生時代からの友人で、現在はロンドンで「ハーヴィー&ウェイト商会」という種苗業を営《いとな》んでいる。

かつては新進気鋭の種苗業者《ナースリマン》だった彼も、今ではすっかり中堅の貫禄《かんろく》を帯びてきて、業界でもかなり名の通った存在になっていた。

その彼がレベックの実力を早くから認め、これまでにも、ネイサンが長らくロンドンを不在にする時などには、身柄《みがら》を預かり、商売についてのノウハウを教えてくれたりしていたのである。

そして今回も、「比類なき公爵家のプラントハンター」であるネイサンが、諸々《もろもろ》の事情からなかば失業状態にあることを受け、早速レベックに仕事を与えてくれたのだ。

建物のほうに戻りながら、レベックが「あの、ネイサン」と言いにくそうに切り出す。

「余計なことだとはわかっていますが、その後、ウィリアム様とは……」

「……ああ」

ネイサンが、若干《じゃっかん》気まずそうに応じる。

「ウィリアム様」というのは、第六代ロンダール公爵であるウィリアム・スタインのことを指し、ネイサンの肩書きにある「比類なき公爵家」の「公爵」とは、まさにこのウィリアムのことを指していた。

裕福な地主階級《ジェントリー》の家に生まれ育ったとはいえ、あくまでも一般人でしかないネイサンが公爵と親しくなるというのはあまりないことだが、ウィリアムとはたまたま幼馴染《おさななじ》みとして過ごすことになり、以来、すこぶる仲がいい。

いや、よかったというべきか。

というのも、少し前に、あることをきっかけに絶交状態になって以来、二人は口をきいていないからだ。

当然、ネイサンに仕事がまわってくることもなくなった。

もっとも、優秀な植物学者であり、かつ名実ともに有能なプラントハンターであるネイサンの名前は各方面に知れわたっているため、噂《うわさ》を聞きつけ、これ幸いと仕事の依頼をしたいと言ってくる権力者はあとを絶たない。

だから、ネイサンさえその気になれば仕事の口はいくらでもあるのだが、義理堅《がた》い彼は、まだ「比類なき公爵家のプラントハンター」の看板を完全におろしたわけではないという認識のもと、それらの誘いをすべて断っている。

もちろん、仕事がないからと言って、すぐさま生活に困るわけではないからできることであったが、屋敷に仕《つか》える使用人たちのことを思うと、いつまでもこのままにしておくわけにもいかない。

その時に、ウィリアムとの関係をどうするか。

ネイサンは、そのことを真剣に悩んでいる。

そして、レベックとしては、やはり、そんな二人の行く末が気になって仕方ないのだろう。

なにせ、二人が諍《いさか》いを起こした発端《ほったん》は、彼にある。

というのも、レベックがあるもののために善意でやったことが、結果、ウィリアムを不利な状況に陥《おとし》れ、そのことであらぬ嫌疑までかけられたため、ネイサンがレベックのために激怒し、決裂に至ったのだから――。

ネイサンがチラッとレベックを横目で見て応じる。

「リアムは、君が気にしなくても元気にやっているよ。——だから、君も気にせず、ドニーのところの仕事を楽しんでくるといい」

「……はあ」

レベックとしては、自分が謝って済むことなら謝り倒して二人に仲直りして欲しいし、ウィリアムの要望を受け入れ、ネイサンが一言「出て行ってくれないか?」と言ってくれたら、すぐにでも出て行く覚悟はできている。

いっそ黙って出て行ってもいいのだが、それは、おそらく何の解決にもならないということは、レベックにもなんとなくわかっていた。——いや、それどころか、きっと事態を悪化させてしまう。

ネイサンというのは、そういう人間だからだ。

だが、それならそれで、どうすればいいのか。

それぞれの館の使用人たちも、みんな、二人の和解を望んでいるのに、今回に限り、ネイサンは自分から折れることを頑《かたく》なに拒《こば》んでいて、ウィリアムのほうから謝って来ない限り、和解はあり得そうにない。

となると、すべてはウィリアムにかかってくるのだが、いったいどうなることやら——。

まさに、三すくみ状態である。

悩ましげなレベックに対し、ネイサンが改めて伝える。

「なあ、レベック。君は、ずっと僕たちのことを気にしているようだけど、これはあくまでも僕とリアムの問題であって、君はただのきっかけに過ぎない。だから、本当に気にせず、ドニーのところでのびのびやってくるといいさ」

2

一方。

そのウィリアムは――、というと、デボンシャーにある公爵家の本拠地ロンダール・パレスにて、温室に造られた巨大な人工池のそばをそぞろ歩きながら、一人気炎をあげていた。

「ふん。ネイトなんていなくても、僕は全然困らないし平気なんだ――というのを証明してやるぞ！」

誰が聞いているわけでもないのに、彼は大声で続ける。

「そもそも、おかしいじゃないか。あいつは、わかっているのか？　ネイトが『比類なき公爵家のプラントハンター』なのであって、僕が『比類なきプラントハンターであるネイサン・ブルーの公爵様』というわけじゃない。……なんか、言い方が妙な具合になってしまっているが、とにかくそうなんだから、とっとと御用《ごよう》聞きにでもなんでも来ればいいのに、こうして待てど暮らせど、来やしない。——だいたい、なんでこんなことになっているんだ？　いつもなら、ちょっとこっちの悪ふざけが過ぎても、待っていれば向こうから折れてくれるのに、今回に限っては、うんともすんとも言ってこない」

そこでようやく立ち止まり、淋《さみ》しげに肩を落として溜息《ためいき》をつく。

「……いったい、彼は、僕のなににそんなに腹を立てているんだろう？」

栗色の髪にウィスキーブラウンの瞳。

面長《おもなが》だがそれなりに整った顔は、生まれながらに品位があって、堂々とした立ち居振る舞いとともに、彼に高貴さを与えている。おかげで、こうして落ち込んでいても、それはそれでなかなか見栄えのする美丈夫《びじょうぶ》であると言えよう。

と——。

そんな彼のところに、この城の家令であるベンジャミン・グリーンフィールドが粛々《しゅくしゅく》とした様子でやってきた。ちなみに先代の家令も「ベンジャミン」という名前であったことから、この城では彼のことを姓のほうで呼ぶ人間が多い。

ウィリアムも然《しか》り。

「ご主人様《アワー・ロード》」

「なんだ、グリーンフィールド？」

「お待ちかねの——」

言いかけたとたん、ウィリアムがパッと顔を輝かせて続きを奪った。

「ネイトから手紙か？」

「――あ、いえ」

大層申し訳なさそうに否定したグリーンフィールドが、「そうではなく」と伝える。

「例の件で、パクストン氏がいらしてます」

「……ああ、そうか。そう言えば、そうだったな」

あからさまに落胆《らくたん》したウィリアムが、覇気《はき》のない声で言う。

「わかった。通してくれ。――それでもって、温室をまわったあと、彼とはここでお茶をしようと思っているので、テーブルの準備をしておいてくれないか？」

「かしこまりました」

応じたグリーンフィールドが、一度さがる。

園芸家であり建築家でもあるパクストンには、広大な城の庭の管理を任せているのだが、実を言うと、ウィリアムは、少し前に女王陛下から直々《じきじき》にある植物の育成を頼まれたという経緯《けいい》があって、そのことで彼に話があったのだ。

その植物というのは、それまでアルコール漬《づ》けの標本しか存在していなかった幻のオオオニバス――「ヴィクトリア・レギア」という巨大な花である。

言ったように標本やイラストでしか知られていなかったオオオニバスだが、近年新たに南米で発見され、さらに、キューガーデンにおいて初めて種からの発芽に成功した。

そこで、全滅を避けるため、実生《みしょう》があちこちに分配されることとなり、そのうちの一部が、大きな温室があるので有名なここ、ロンダール・パレスにやってくることになったのだ。

つまり、パクストンには、これから、女王陛下の意向とも言える重大な任務が言い渡される。

家令に案内されてやってきたパクストンは、ウィリアムから話を聞かされると、驚きとともに顔を輝かせた。

「私に、貴重なオオニバスの育成を……ですか？」

自分より年嵩《としかさ》の相手に対し、ウィリアムは若干丁寧な口調で応じる。

「そう。貴方に任せたい。──もちろん、引き受けてくれますね？」

「もちろんです、公爵様。とても光栄に存じますが──」

快諾《かいだく》しつつ、チラッと周囲に視線を投げたパクストンが、「ときに」と尋ねた。

「公爵様のおそばには、いつも、『比類なき公爵家のプラントハンター』として名高いネイサン・ブルー殿のお姿があったと思うのですが、今はいらっしゃらない？」

「──ああ」

とたん、唇を尖《とが》らせたウィリアムが、「彼は」と不満そうにこぼした。

「今どころか、昨日も一昨日《おととい》もいない。──つまり、彼は、もうずっと僕のおそばにはいないんだ」

「はあ」

どうやら触れてはいけない話題であったらしいと察した様子のパクストンに、ウィリアムが片眉をあげて「それが」とやはりすねたような口調で尋ねた。

「なにか問題か？」

「いえ」

若干気まずそうに応じたパクストンは、「ただ」と彼なりの考えを述べる。

「植物学者であり、かつ実際に南米に赴《おもむ》いたことのあるあの方なら、あちらの植物の生態にもお詳《くわ》しいでしょうから、今回の任務を遂行《すいこう》するにあたり、色々とお知恵を拝借《はいしゃく》できればいいと思いまして……」

「なるほど」

納得したウィリアムが、続けて言う。

「でも、残念だが、彼がこの城に来ることは当分――いや、金輪際《こんりんざい》かもしれないが――、ないと思ってくれ」

「――そうなんですか？」

パクストンの瞳に浮かぶ驚愕《きょうがく》と不安。

だが、良識ある大人として、ひとまず平静を装ったパクストンが、「たとえ、そうであったとしても」と確認する。

「私個人が手紙などで彼に助言を求める分には、構いませんよね?」

それに対し、顎《あご》に手をやってしばらく考え込んだウィリアムが「いや」と無情にも否定した。

「今回、僕は、彼の手を借りずにこの偉業を成し遂《な》げ《と》たいと思っている。こうなったからには僕のプライドに賭《か》けて、ネイトなんていなくてもまったく問題ないというところを見せてやらないといけないからな。——でないと、なんというか、示しがつかない」

「示しが……ですか?」

パクストンの声がいぶかしげになるのも無理はない。

なにせ、オオオニバスの育成が女王陛下の意向であるなら、忠実な家臣として、その助けになるはずの人物とのごたごたは積極的に解消し力を合わせて取り組んだほうが、相手が誰であってもずっと示しがつきそうなものであるからだ。

しかも、ウィリアムを見ている限り、諍いの原因は、深刻なものというより子どもの喧嘩《けんか》じみている。

声にそんな思いを込めたパクストンだったが、ウィリアムは強情にも「そうだ」と受けて宣言した。

「だから、先に言っておくが、君も、ネイトのことは忘れてくれ。それでもって、彼も彼の助言もなしで、見事、このオオオニバスを咲かせ、彼をぎゃふんと言わせてやるんだ!」

3

数日後。

ハマースミスの自宅で寛《くつろ》いでいたネイサンのところに、慌ただしく家令兼執事のバーソロミューがやってきた。

「失礼します、ご主人様」

「なんだい、バーソロミュー」

手にした本をテーブルに置きながら、ネイサンが続ける。

「珍しく慌てているようだけど」

「すみません。――ただ、今しがた表に早馬の使いが参りまして、本日の午後、お父上のロナルド様がこちらをお訪ねになりたいとのことですので、お返事はいかがなさるかと」

「父上が？」

意表をつかれたネイサンが、ソファから身体を起こして尋ねる。

「なんの用で？」

「それは、私のほうではわかりかねます」

「ああ、まあ、そうだろうね」

自分でもバカな質問をしたと思ったネイサンが、その場で少し考え込む。

決して親子仲が悪いわけではないのだが、プラントハンターというかなり危険をともなう職業に就く際、父親はあまりいい顔をせず、できれば家業のほうを手伝って欲しいと再三言われたのに、ネイサンはそれを押し切って、母方の祖父のあとを継ぐ形でプラントハンターになった。

三男である彼は、兄弟の中でも一番自由のきく身である。

その分、遺産の取り分などは少ないが、ネイサンはなにより自由を愛する男なので、どんなに裕福であろうと、土地や家に縛《しば》られるのを好まない。それくらいなら、貧乏でもフラフラしていたいので、三男という身の上は、彼にとってはむしろ好都合だった。

だが、せっかくの風来坊的な立場であっても、父親が、容姿に優《すぐ》れ、万事において高い能力を発揮《はっき》するネイサンのことを溺愛《できあい》してやまなかったおかげで、他の兄弟から若干疎《うと》まれてしまっている。

それは、今も続いていて、正直、父親より、兄弟仲のほうが問題だ。

どちらかといえば凡人《ぼんじん》である二人の兄たちは、ネイサンが父親の期待を裏切る形でプラントハンターになったことでひとまず溜飲《りゅういん》をさげたようであったが、その後、「比類なき公爵家のプラントハンター」としてめきめき頭角を表し、ついには女王陛下の覚えもめでたい社交界の英雄にまでなってしまったことに嫉妬心《しっとしん》を再燃させたようで、特に見栄っ張りで人に持ち上げられていないと気が済まない性格の長男が妻子をともなって戻って以来、ネイサンは、あまりバーミンガムにある実家には寄り付かなくなっていた。

父親も、そんな彼らの関係性を薄々感じ取っていて、無理に呼び寄せるようなことはしなかった。その上、ネイサンは航海に明け暮れ、イギリスにいること自体少なく、畢竟《ひっきょう》、親子が顔を合わせる機会はほとんどなくなってしまった。

その父親がわざわざ訪ねてくるくらいだから、よっぽどの用があるのだろう。――でなければ、現在のネイサンの状況を心配し、様子でも見に来ようというのか。

どちらにせよ、いつになく丁重《ていちょう》に迎える必要があると思ったネイサンは、バーソロミューに指示を出す。

「わかった。早馬には了承の意を伝えてくれ。――それでもって、急で悪いけど、君も、父を迎える準備を頼む」

「かしこまりました」

そして、その日の午後。

予定通り、ハマースミスの屋敷に父親のロナルド・ブルーがやってきた。

久々に再会した父親は、以前と変わらず精力に満ち、奔放《ほんぽう》に生きる息子と穏やかに抱擁《ほうよう》を交わす。

「やあ、ネイト」

「お父さん。お久しぶりです。お元気そうで。――すっかりご無沙汰《ぶさた》してしまって、申し訳ありません」

「本当だよ」

居間のソファに腰かけながら、ロナルドが苦笑めいた表情を浮かべて言った。

「まあ、お前の気持ちもわからなくはないが、バーミンガムの大邸宅《カントリーハウス》はお前の家でもあるのだから、誰に遠慮《えんりょ》する必要もなく、いつだって来たい時に訪ねてくれていいんだからな」

「はい。ありがとうございます」

頭をさげたネイサンに対し、ちょうどお茶を運んできたバーソロミューに視線を投げながら「ただ、まあ」と誇《ほこ》らしげに付け足した。

「さすが、腕のいい奉公人であるバーソロミューがついているだけはあって、この家は、実に居心地良く整えられていて、お前がバーミンガムに帰りたがらないのもよくわかる」

それから、茶器をテーブルの上にセットするバーソロミューに直接語りかけた。

「お前には、本当に感謝しているよ、バーソロミュー」

もちろん、三男を陰で支えてくれていることへの礼だ。

「もったいないお言葉でございます、旦那様」

慇懃《いんぎん》に応じたバーソロミューが「それに」と続ける。

「私のほうこそ、ネイサン様のようなお心映《ば》えの立派な方にお仕えするチャンスを与えていただき、旦那様には心から感謝しております」

その台詞《セリフ》は、バーミンガムの本宅で出世街道に乗っていたバーソロミューの口から発せられると、ある種の嫌みととれなくもなかったが、ロナルドは特に勘繰《かんぐ》るでもなく、「それなら」と笑った。

「双方ともに利益があって、よかったことだ」

「はい」

その後、物音を立てずに部屋を出て行くバーソロミューを見送ってから、ネイサンが切り出した。

「それで、お父さん。今日は、どうなさいました?」

「どうって……」

美味《おい》しそうに紅茶をすすったあと、カップをソーサーの上に戻しながら、ロナルドが言う。

「私がお前に会いに来るのに、理由が必要か?」

「いえ」

苦笑したネイサンが、「そんなことはありませんが」と続ける。

「前もって呼びつけてくだされば、いくらでもこちらから出向くところを、わざわざ来てくださるくらいなので、なにか、それ相応の用があるのではないかと」

「たしかにね」

認めたロナルドが、「だったら、訊くが」と水を向けてくる。

「お前、このところ、どうしているんだ？」

「……どう、というのは？」

「とぼけなくても、私の耳にも、例の噂は聞こえてきているんだよ」

「──ああ、なるほど」

もちろん、仲の良かったウィリアムとの決裂のことを言われているのだろう。

ネイサンが、「つまり」と真意を問う。

「心配して、様子を見に来てくださった？」

「まあな」

認めたロナルドが、「だって」と続ける。

「今現在、お前はすっかり仕事がなくなっているそうじゃないか」

「そうですね」

「しかも、別の方面から良い話が来ても、ことごとく断っているというし。──まあ、お前のことだ。おおかた、公爵に対する義理立てなのだろうが」

「義理立てというか……」

ネイサンが、考えながら言い返す。

「まだ『公爵家のプラントハンター』の看板をおろしたわけではないし、おろすならおろすで、いちおう、その旨《むね》を彼と相談する必要がありますから」

「でも、だったら、どうするつもりなんだ。いつまでも、このままと言うわけにはいかないだろう？」

「そうですね」

「だいたい、仲違いしたのだって、きっとあちらの気まぐれかなにかが原因だろう。——なのに、そんな風に気を遣《つか》ってやる必要がどこにある？」

「そのあたり、色々と複雑で」

ただ、ここで詳しい話をする気のなかったネイサンは、話題を変えるように尋ねた。

「それにしても、お父さん、まさか、そのことだけでいらしてくださったわけではありませんよね？」

「ああ、うん。まあ」

若干、ばつが悪そうに応じた父親が、「というか」と続ける。

「もし、噂通り、お前の手が空《あ》いているなら、ちょっと頼みたいことがあってね」

「頼みたいこと？」

それもまた意外で、ネイサンは興味を引かれる。

「どんな頼み事です？」

「それが……」

考えるように間をおいたロナルドが、「お前」と訊く。

「リッター氏のことは、覚えているだろう？」

「ブルー家の主治医の？」

「そうだ」

「もちろん、覚えていますよ。――僕も、小さい頃、お世話になった」

認めたネイサンが、訊き返す。

「彼が、どうかしましたか？」

「彼と言うより、彼の息子がね」

「息子？」

父親と違って、リッターのことは知っていても、特にプライベートでの付き合いのなかったネイサンが尋ねる。

「彼、息子がいたんですか？」

「ああ。お前よりひとまわり年が下で、今、外科医になるための修業を積んでいる」

「……外科医」

ネイサンが、もの思わしげにつぶやく。

この時代、医者と言えば内科医で、外科医の地位はあまり高くない。

なにせ、最近でこそ大学で教育が行われ、資格を取るために実技などの習得が必要になってきているが、ほんの一昔前までは、「外科医」などという傷の治療に特化した職業はなく、薬剤師であろうが食肉業者であろうが、それなりに知識のある者なら誰でも他人に手当てをすることができたからだ。

実際、薬草に詳しいネイサンも、船上にあっては、何度も外科的処置を他人に施《ほどこ》す必要に迫《せま》られた。

そんな時代にあって、十分な教育を受けられる身の上で、あえて外科医の道を取るというのは、よほどの覚悟があってのことだろう。

ネイサンが訊く。

「それで、その外科医志望の息子さんがどうしたんです？」

「リッターの話では、エジンバラのほうで経験を積んでいた彼は、なかなか優秀で周囲から将来を嘱望《しょくぼう》されていたそうなんだが、ここに来て、急に気鬱症《メランコリー》を患《わずら》ってしまい、学業を続けることが困難になってしまったらしい」

「へえ、気鬱症《メランコリー》ねぇ」

眉をあげたネイサンが、尋ねる。

「原因は？」

「よくわからないと言っている。息子も口を閉ざしていて、大学を休学して以来、ただただ家に籠《こも》って鬱々とした日々を過ごしているということのようだ」

「それは、よくないですね」

「そうなんだよ」

仰々《ぎょうぎょう》しくうなずいたロナルドが、「そこで」と言う。

「リッターは、気鬱症《メランコリー》の治療にいいと言われていることを実践《じっせん》するために、息子を外遊の旅に出そうと考えている」

「ああ、たしかに」

ネイサンも、首を縦に振って続けた。

「気鬱症《メランコリー》には気晴らしが一番と言いますからね」

「そうだ。――ただ、そうだとしても、気鬱症《メランコリー》の息子を一人で旅に出すのもなんだし、かといって、そんな状態の息子を預けられる人間というのにも限りがある」

「はあ」

なんとなく話の行きつく先が見えてきたネイサンではあったが、ひとまずおとなしく続きに聞き入る。

すると、案の定《じょう》、ロナルドが「そんな折」と顔をあげて告白した。

「お前が公爵と仲違いしたまま、仕事もなくフラフラしていると聞きつけたリッターは、すぐさま、私のところに相談に来てね」

「――ということは、つまり」

「そう」

ネイサンの言葉の意図を汲《く》み取《と》り、鷹揚《おうよう》にうなずいたロナルドが、どこか誇らしげとも取れる口調になって言う。

「リッター曰《いわ》く、旅慣れていて見聞が深く、さらに人格者でもあるお前になら、安心して気鬱症《メランコリー》の息子を任せられると。――もちろん、私もそう思っているよ。彼の話を聞く限り、お前ほどの適任者は他にいない」

「……それは、ありがとうございます」

「それに、病人の付き添いなら、プラントハンターとしての仕事を引き受けるわけではないから、お前のほうも、公爵に対して面目《めんぼく》が立つだろう」

「なるほど」

それは、一理ある。

とはいえ、耳に心地良い言葉を並べてはいても、とどのつまりが、いい年をして仕事もなくフラフラしているくらいなら、ちょっとは社会貢献《こうけん》でもして来いということらしい。

正直、ネイサンとしては、別にフラフラしているわけではなく、少々長い休養を取っているだけのつもりであったが、世間からはそう見られていないのだろう。プラントハンターという仕事がどれほど過酷《かこく》であるか、ふつうに生活している人間に理解してもらうのは、難しい。

(ま、仕方ないか……)

父親からの提案を受け入れるというのは、やれやれという感じがしないでもなかったが、実際、リッターには家族全員が世話になっているし、その息子が、果敢《かかん》にも外科医の道に進もうとしているのなら、自分にできる範囲で手助けをするのも悪くない。

なにより、思っていた以上にウィリアムとの断絶は長引きそうで、ネイサンにしても、そろそろなにかしら身の振り方を考える必要があると思っていたところだ。

となれば、持て余し始めた時間を有効に使うためにも、これはむしろチャンスと言えた。

気持ちが動きかけているネイサンに対し、ロナルドがもうひと押ししてくる。

「まあ、お前にはお前の事情があるのはわかっているが、この話、できたら前向きに考えてはくれないだろうか。——ちなみに、私は何度かリッターの息子にも会ったことがあるんだが、とてもいい青年だよ」

「そうでしょうとも」

父親である医師のことを思い浮かべながらうなずいたネイサンは、「ただ、一つ」と引き受ける上での条件をあげた。

「やるならやるで、お願いがあって」

「なんだ?」

「どうせ大陸をまわってくるなら、レベックも一緒に連れて行って、見聞を広げさせてやりたいんです」

「レベック？」

名前に注目したロナルドが、「それは」と尋ねる。

「例の、お前が気に入って助手にしたという青年のことか？」

「ええ」

疎遠《そえん》にはなっていても、ネイサンの近況《きんきょう》はそれなりに耳に入っているらしい。

ロナルドが身を乗り出して言う。

「私はまだその青年に会ったことはないが、ちょうどいい、今いるのか？　いるなら、ぜひ会ってみたい」

「いえ」

ネイサンが答える。

「それが、僕に付き合って、若い彼の時間まで無駄にする必要はないので、ドニーに頼んで、現在は彼のところで修業させてもらっています」

「ああ、ドナルド・ハーヴィーか」

ネイサンとは古い付き合いであるハーヴィーは、学生時代に一度ならずバーミンガムにあるブルー邸に遊びに行っているため、ロナルドとも面識があった。

「彼も、随分《ずいぶん》と活躍しているようだな」

「そうですね。――もっとも、昔から才能に溢《あふ》れる人間でしたから、当たり前と言えば当たり前ですけど」

「たしかに」

うなずいたロナルドが、「まあ」と言う。

「いちおう、レベックを同行する件についてはリッターに訊いてみるが、連れがいる分には特に問題ないだろう」

話がついたところで、二人は久々に親子水入らずの食事を楽しむことにして、食堂に移動した。

4

同じ日。

レベックはハーヴィーのお供《とも》で、ロンドン郊外にあるアーマード伯爵の城に来ていた。

この城では、秋口に二十歳になる娘の誕生パーティーが開催されることになっていて、そのために、今のうちから庭に花々をたくさん植えておく必要があるのだが、その選定から植え替えまでを「ハーヴィー&ウェイト商会」が一手に引き受けることになっていたからだ。

今日は、庭を巡《めぐ》りながら、細かい打ち合わせをしている。

城主の話によれば、どうやら、二十歳の誕生日祝いということで、そのパーティーは、ただ誕生日を祝うだけでなく、将来を見据《みす》えた婿《むこ》選びも兼ねているらしい。

意気込む伯爵とハーヴィーが庭に設《もう》けられたテーブルで四方山話《よもやまばなし》をしている間、レベックは、ハーヴィーを通じて許可をもらい、庭の散策を楽しんだ。もちろん、現在の庭の状態を把握《はあく》し、より良い庭造りをするためでもある。

盛夏の今、草花はよく生い茂《しげ》り、アーマード伯爵がなかなかの花好きであることがわかった。

他人の庭であることも忘れ、レベックがひとつひとつ、丁寧に声をかけながら花の状態を見てまわっていると、ふいに近くで声がした。

「――そこにいるのは、誰？」

ハッとして薔薇《ばら》の茂みの中から顔をあげたレベックは、胸元にレースをあしらったベルベットのドレスをまとう女性とすぐ近くで向き合う形となる。

当然レベックも驚いたが、それ以上に、女性のほうがびっくりした様子で、さらにレベックの顔を見るなり、「えっ」と言って目を丸くし、信じがたいといった表情を浮かべた。

「――貴方、まさか！」

言うなり、絶句した女性に対し、レベックはすぐに謝ろうとする。

「あ、すみません、僕――」

だが、身分を明かすより早く、彼女のことを捜しにきた使用人の女性が「お嬢様、パトリシア様！」と呼びながら彼女の腕をつかんで引き寄せた。

「パトリシア様。居間で奥様がお呼びですよ。――そちらの方も、用がお済みでしたら、どうぞお戻りください」

どうやら、その使用人は、レベックが正式な客ではなく従者としてここに来ていることを知っているようだ。そして、決して乱暴な物言いではなかったが、「お嬢様」のそばに、彼のような身分のものを近寄らせたくないと思っているのがありありと感じ取れた。

それもそのはずで、この城内で「お嬢様」と呼ばれているのであれば、目の前にいる彼女こそが、アーマード伯爵の娘であり、おそらくは、今度開かれるパーティーの主役であるはずだからだ。

瞬時にそれらのことを見て取ったレベックは、黙ったまま丁寧に一礼し二人の前から立ち去る。そのあたりの立ち居振る舞いの優雅さは、ネイサンと一緒にいるうちに自然と身についたものである。

すると、背後で、パトリシアが「あ」と声をあげるのが聞こえた。

「――待って」

だが、レベックはひとまず聞こえなかった振りをし、使用人も抗《あらが》おうとする彼女を急《せ》き立《た》てるようにして、城のほうへと連れ去った。

第二章　ウィリアムのお見合い

1

夏の一時期、女王陛下夫妻とともに、王侯貴族の避暑地として有名なワイト島へ赴《おもむ》いていたウィリアムは、その日、未亡人である某侯爵夫人のサロンで開かれている独身者のパーティーに出席した。

とはいえ、それは、決してお見合いのような堅苦《かたくる》しいものではなく、ただ、独り身《ひとりみ》の気ままさを分かち合うための、どちらかというと軽佻《けいちょう》な類《たぐ》いのもので、日頃からつるんでいる友人たちの姿も大勢見受けられる。

そこで、ウィリアムは早速彼らと合流し、最新のトピックスについて盛りあがることにする。

「やあやあ、元気だったたか？」

「やあ、ロンダール。まあまあだよ。——君は？」

「この通り、元気さ」

「それならよかった」

応じた相手が、すぐにキョロキョロとあたりを見まわし、「あれ？」と問う。

「ネイサン・ブルーは一緒じゃないのか？」

ウィリアムがこういう場に現れる時は、たいていネイサンが一緒であるため、姿がないことに疑念を抱《いだ》いたのだろう。もちろん、長い航海に出ていれば別だが、今はそんな話も出ていない。

すると、ウィリアムが答える前に、質問した人間よりかは諸般《しょはん》の事情に詳《くわ》しい友人の一人が、「もしかして」とからかうように訊《き》いた。

「まだ、喧嘩《けんか》しているのか？」

「――え、喧嘩？」

知らなかったらしい相手に、男がうなずく。

「そう。――いい年をして、子どもみたいだろう？」

とたん、ウィリアムがふて腐れたように応じた。

「別に、喧嘩なんて」

「なら、なんで、一緒じゃないんだ」

「たしかに」

うなずいた別の友人が「悪いことを言わないから」と助言する。

「早く謝っちまえよ」

だが、聞き捨てならなかったウィリアムは、彼のほうを見て主張する。

「なんで、僕が――。だいたい、事情も知らないくせに、勝手なことを言うな」

「それなら、まず、その事情とやらを聞かせてくれよ」

完全に興味本位で質問され、ウィリアムはふて腐れた表情のまま応じる。

「うるさいな。放っておいてくれ。それより、君たちこそ、なんの話で盛りあがっていたんだ?」

それに対し、場の空気を読んだアーマード伯爵の息子であるスティーブ卿《きょう》が教えてくれる。

「エジンバラでのおかしな話だよ」

「おかしな話?」

「うん」

「どんな?」

「なんでも、昨今、エジンバラでは墓荒らしの暴挙があまりにひどいそうで、ついには『墓地クラブ』なんてものまで作られたそうなんだ」

「それはまた、胡散臭《うさんくさ》いクラブを作ったものだが……」

応じたウィリアムが、訊き返す。

「もしかして、墓地で酒盛りでもするのか?」

「まさか」

笑ったスティーブが、「そうではなく」と説明する。

「墓荒らしから墓を守る共同体みたいなものらしい。順番で墓地を見張ったりするそうなんだ」

「そりゃ、大変だな」

「もっとも、その時に酒盛りくらいはするかもしれないが」

「たしかに」

「墓守《はかもり》なんて、俺なら飲まないことにはやっていられないよ」

数人が同意し、スティーブが「でね」と言う。どうやら、そこからが中断した話の続きであるらしく、ウィリアム以外の人間も一緒に聞き入る。

「守るほうが必死なのはわかるんだけど、あまりに必死になり過ぎて、先日、墓荒らしにとんでもない鉄槌《てっつい》が落ちてしまったらしい」

「とんでもない鉄槌？」

「ま、自業自得と言えなくもないが」

「そうだな。元々荒らすほうが悪い」

口々に言った友人たちが、「で」と続きを促す。

「その墓荒らしは、どんな目に遭《あ》ったんだ？」

「それは、子どもを亡くした父親が、その遺体を盗賊《とうぞく》たちの手から守るために墓に爆薬をしかけたってことなんだけど」

「え、まさか」

「そのまさかで、知らずに墓に入った盗賊は、仕掛けに触ってドカンさ」

「へえ」

「それは、さすがに……」

そこまでは考えていなかった面々が、若干《じゃっかん》顔を引きつらせつつ、「でもまあ」と言う。

「いつかは、縛《しば》り首《くび》になったかもしれないわけで」

「むしろ、一瞬で吹っ飛んでよかったのかもな」

「いや〜、でも、やっぱりちょっと気の毒というかなんというか、ロンドンなら、墓を荒らすまでもなく、墓地に埋めきれない遺体が溢《あふ》れているっていうのに……」

それぞれがさまざまな反応を示す中、ウィリアムが「だが」と冷静に疑問を呈《てい》する。

「そもそもの話として、なぜ、エジンバラではそんなに墓荒らしが盛んなんだ？」

とどのつまりが、なぜみんながみんな、死体なんかを欲しがるのか――。需要《じゅよう》がなければ、誰も危険を冒《おか》してまで供給しようとは思わない。

「それは、もちろん、解剖《かいぼう》のためだよ。エジンバラの医学界は外科に力を入れていて、医者が人体の構造を知るために、少しでも多くの死体を解剖したがっているんだ」

「なるほど」

納得したウィリアムが、「たしかに」とうなずく。

「現在、合法的に解剖できるのは、死刑囚の死体や諸般の事情で引き取り手のない死体くらいだからな」

「そうそう。勉強したくても教材が手に入りにくいから、奥の手を使うしかない」

「そうだな」

認めたウィリアムが腕を組み、優秀な公僕の顔になって「それは」とつぶやく。

「医療の向上という点から言っても、ゆゆしき問題だ」

と――。

そこへ、新たに一人の青年が加わった。サロンの主催者である侯爵夫人の甥《おい》で、つい最近までアメリカに行っていたというジェフリーだ。

「やあ。なんか盛りあがっているようだけど、なんの話をしているんだい?」

スティーブが代表してエジンバラでの一件をかいつまんで話すと、ジェフリーは「へえ」と興味を示しつつ、「でも」とどこか得意げに告げた。

「それで言うなら、最新のトピックスは、やはり、なんと言っても『ヤンキー・トリック』だろう」

「『ヤンキー・トリック』?」

不思議そうに繰り返したウィリアムが、「それは」と尋ねる。

「なんだ？」

他の青年たちも同じように、互いに顔を見合わせては首をかしげていた。

ジェフリーが答える。

「『ヤンキー・トリック』というのは、我らが偉大なるエーテル麻酔《ますい》のことで、これに関しては、新興国アメリカが一歩、先んじているんですよ」

無礼講的な集まりとはいえ、公爵であるウィリアムを前にしてさすがにやや丁寧な口調になったジェフリーに向かい、ウィリアムが、「ああ」と納得して続けた。

「エーテル麻酔ね。少し前から聞くようになった」

「そうです。僕はアメリカでその手術の見学をしましたが、まあ、本当に『素晴らしい』の一語に尽きます。――今後、外科手術は、痛みとは無縁になっていくんです」

「ほお」

「そんなにすごいのか」

「だけど、本当かな。――だって、身体を切ったり縫合《ほうごう》したりするのに、痛みがないなんて、あり得るのか？」

半信半疑でいるスティーブに、ウィリアムが答える。

「あり得るらしい。僕は、所用で立ち合うことはできなかったが、事実、少し前に、ロンドンのユニバーシティ・カレッジの附属病院で行われた公開手術でも、エーテルによる麻酔が行われて成功したと聞いているから」

「へえ」

「本当なんだ」

「だとしたら、やっぱりすごいな」

公爵の保証を得て信頼を寄せた人々が感心する中、アメリカ帰りのジェフリーが、「このまいけば」と少々仰々《ぎょうぎょう》しく付け加えた。

「我々人類は、近い将来、不老不死を手に入れることも可能になるでしょう」

「不老不死？」

「そんなバカな――」

「でも、もしできるなら、僕もあやかりたいね」

これまた口々に半信半疑の反応があがる中、なんだかんだ知的で見識の深いウィリアムが反論する。

「それは、どうかな。たしかに、エーテル麻酔は我々に希望を与えてくれるが、それでも外科的手術による生存率は、依然として低いままだ。――言い換えると、我々が解決すべき問題はまだまだ山積みということで、君が言うような『不老不死』なんて望むべくもない」

するとと、賛同を得られなかったことが不満だったのか、ジェフリーが、「これはまた」とどこか挑戦的に応じた。

「公爵様は、少々悲観的でいらっしゃる」

「僕は、事実を言ったに過ぎない」

「それなら、ぜひ、公開手術の見学にいらしてください。ちょうど、来月、アメリカまで研修にいらしていたブラックウッド医師が、ロンドンでエーテル麻酔を使った公開手術をなさるそうなので、いい機会ですから、その目でご覧になるといいですよ。エーテル麻酔は、患者から苦痛を取り除くだけでなく、外科医の負担も軽減し、手術の技術が格段にあがっていることがおわかりになるでしょう」

2

(……やっぱり、ネイトがいないとつまらんな)

それまでしゃべっていた集団を離れ、そろそろ潮時《しおどき》かと思いながら歩いていたウィリアムは、サンルームの前に差しかかったところで、中に見慣れた人物がいるのを発見した。

その人物は、いちおう身なりは立派であったが、髪はボサボサな感じで、あまり人目を意識した様子はない。

今も、室内を飾る南国の花の前に立ってはいるものの、肝心《かんじん》の花を鑑賞しているわけではなく、子どもの悪戯《いたずら》といった様子で葉っぱをひっくり返しては、なにかを探している。

なにを探しているかは、訊かなくてもわかる。

お定まりの光景に溜息《ためいき》をついたウィリアムが、近づきながら声をかけた。

「おい、ケネス」

「——あ、ウィリアム。やあ」

顔をあげた相手が、葉っぱを持ったまま挨拶《あいさつ》を返した。

ケネス・アレクサンダー・シャーリントン。

シャーリントン伯爵の次男坊で、大の昆虫好き。こうしてきれいな花を見ても感動はせず、ひたすら、そこに隠れているかもしれない昆虫ばかり探している。

彼の場合、花より虫なのだ。

変わり者ではあるが、ウィリアムやネイサンとは学生時代から交流があり、かなり近しい間《あいだ》柄《がら》であるのは間違いない。

ウィリアムが皮肉っぽく言う。

「相変わらずのようだな」

「そうだけど、君のほうは、随分《ずいぶん》とご無沙汰《ぶさた》じゃないか。ずっとロンドンを留守にしているよね？」

「まあな」

「もしかして、傷心旅行？」

おかしな表現をしたケネスが、「あ、違うな」と自分で自分に突っ込みを入れる。

「君が傷ついているわけないか。むしろ、傷を負ったのはネイサンのほうで、同情すべきは、君ではなく彼だから」

どうやら、ウィリアムとネイサンの仲違《なかたが》いについて言っているらしく、たちまち仏頂面《ぶっちょうづら》になったウィリアムが、「なんでそうなる」と文句を言う。

「ネイトとの一件で、僕が傷ついていないだって？」

「そうだよ」

うなずいたケネスが、「それとも」と訊き返す。

「傷ついている？」

「まさか」

先に反論のようなことをしておきながら、とっさに見栄を張ったウィリアムが、「僕が」と続けた。

「ネイトと絶交したくらいで、傷つくわけがない」

「そうだよね」

相手の心の機微《きび》など読まずにあっさり認めたケネスが、「だからさ」と主張する。

「そう言っているんじゃないか」

「――いや、でも」

反論に反論を重ねようとしたウィリアムだが、ケネス相手では堂々巡《めぐ》りにしかならないと悟り、溜息だけついて口をつぐんだ。

ケネスには、昆虫の気持ちはわかっても、複雑な男心は一生わからないだろう。

だが、実際はといえば、ウィリアムはウィリアムなりに傷ついていて、しばらくロンドンを留守にしたのも、ネイサンのことを考えないで済むようにするためだった。

もっとも、物理的な距離を取ったからといって気持ちまでそうなるというものでもなく、なんだかんだ、来る日も来る日もネイサンからの連絡を待ち続けていた。

そんな期待も虚《むな》しく、ネイサンから連絡はなく、さらに、まわりが気を遣《つか》ってなにも言わないため、その後の消息すらよくわからないでいる。

そこで、「コホン」と空咳《からぜき》をしたウィリアムが、「――で」とさりげなく尋ねた。

「そのネイトは、元気そうにしているのか？」

「うん。たぶん、元気だろうね」

仮定的な要素を含めた答え方をしたケネスが、「だって」とその根拠《こんきょ》を口にする。

「船に乗っているくらいだから」

とたん、驚いたウィリアムが「船だって⁉」と叫び、身を乗り出して確認する。

「つまり、ネイトは航海に出たのか？」

「あ、やっぱり知らなかった？」

「知らない。聞いてないぞ――」

衝撃に目を見開いたウィリアムが、「それで」と問い質《ただ》す。

「誰のための航海だ?」

ネイサンは、あくまでも「比類なき公爵家のプラントハンター」であり、たしかに、最近、仕事を頼むことはなくなっていたが、まだその看板をおろしていないはずだ。

その証拠に、ネイサンは他からの誘いをすべて断っていると聞いていて、そうした報告を受けるたび、ウィリアムは心密《ひそ》かに喜んでいたのだ。

なにせ、今となってはその一事のみが二人の信頼関係を繋《つな》ぐものであったからだが、それが破られてしまっては、もうなにも信用できなくなってしまう。

ケネスが答える前に、ウィリアムがさらに詰め寄る。

「おい、教えろ、ケネス!　ネイトは、誰のために航海に出たんだ⁉」

「そんなこと言われても、よくは知らないよ。僕だって、今さっき聞いたばかりなんだから」

「今さっき?」

ということは、ここに来ている誰かから聞いたということであり、ウィリアムが続けて詰問《きつもん》する。

「なら、誰に聞いたんだ?」

「ハーヴィーだよ」

「――ハーヴィー？」

意外な名前を聞き、ウィリアムの気が一瞬逸《そ》れる。

というのも、ワイト島は王侯貴族とその周辺の人々が集まる場所であって、いくら金持ちでも一介《いっかい》の商人でしかないハーヴィーが遊びに来るようなところではないからだ。

「なんで、あいつがここにいるんだ？」

「たぶん、仕事じゃないかな」

「ああ、仕事ね」

納得したウィリアムが、感心する。

「相変わらず手広く商売をしているらしい。――で、奴《ヤツ》はまだいるのか？」

「さあ」

首をかしげたケネスが、推測する。

「ただ、僕が会った時は帰り支度《じたく》をしていたから、もういないかもね」

とたん、挨拶もなく踵《きびす》を返したウィリアムは、急いでハーヴィーを捜しにいく。

すると、まさに間一髪。

「ハーヴィー＆ウェイト商会」のロゴが入った馬車に乗り込もうとしているハーヴィーをつかまえることができた。

「おい、ハーヴィー！」

呼び声に振り返ったハーヴィーが、一瞬、面倒な奴に見つかったという表情を浮かべてから、すぐさま笑顔に切り替えて応じる。

「やあ、ロンダール」

「つまらん挨拶はいい」

目の前に立ったウィリアムが、食いつかんばかりの勢いで「それより」と訊く。

「ネイトが航海に出たというのは、本当か？」

「――ケネスか？」

先に情報源を尋ねたハーヴィーに、無言で肯定しながらウィリアムが目で答えを促《うなが》したため、仕方なさそうにハーヴィーが認める。

「――本当だよ」

「まさか、君の依頼で？」

「いや」

否定しつつ、ハーヴィーは苦笑する。

黒髪に紺色の瞳。

長身でどこかエキゾチックな魅力を持つハーヴィーは、そんな表情も様になる。

「依頼したいのは山々だったが、頼んだところで、ネイトが律儀《りちぎ》にもあんたへの義理立てを理由に、引き受けるわけがないのはわかりきっていたからな。――代わりに、俺が仕事の依頼をしたのは、レベックだよ」

「レベック？」

ウィリアムが意外そうに訊き返す。

「どういうことだ？」

「説明が必要か？」

「当然だろう。レベックに仕事を頼むのはいいにしても、なんでネイトまで航海に出る必要があったんだ。とにかく、順を追って話せ」

「話せと言われてもねえ」

馬車の車体によりかかって腕を組みながら、ハーヴィーが答える。

「俺だって詳しいことはよく知らないが、ただ、先に訂正しておくと、ネイトは、別に遠方に航海に出たわけではないし、まして、あんたのことをさしおいて、誰かのためにプラントハンターとしての仕事を引き受けたわけでもない」

そこで、チラッと非難がましい目を向けたハーヴィーが、「俺は」と主張する。

「あんたの我儘《わがまま》に付き合ってバカをみるのはいい加減にしろと再三忠告していたんだが、彼は、昔と変わらず、自分が不利な状況になっても、あんたとの口約束をきちんと尊重していたよ。本当に、彼のような立派な人間が、なんであんたなんかのためにとつくづく思うんだが」

「うるさいな。僕とネイトは、それくらい仲良しなんだ」

「絶交したのに？」

「ほっといてくれ」

けんもほろろに返したウィリアムが、「いいから」と急《せ》かす。

「続きを聞かせろ。――航海に出たのでないなら、ネイトはどこになにしに行ったんだ？」

「外遊だよ」

「……外遊？」

遊びというのがあまりに意外過ぎて、鳩のように目を丸くしたウィリアムが、確認する。

「彼は、旅行しているのか？」

「付き添いでね」

「付き添い？」

「ああ」

「誰の？」

「知り合いのご子息だと言っていた」

「知り合いって、誰だ？」

「だから、俺も詳しいことは聞いていないと言っただろう」

いささか面倒くさくなってきたらしいハーヴィーが、上着の内ポケットから懐中時計を取り出しながら言う。

「ただ、将来を嘱望《しょくぼう》されていたそのご子息が気鬱症《メランコリー》になってしまったということで、治療のための外遊に付き添うことになったらしい。――なにせ、ネイトは、旅慣れている上に薬草などの知識にも通じ、なにより、バカな公爵の世迷言《よまいごと》も笑って受け入れられる人格者だからな。付き添いとして、これ以上安心できる人物も他にいないだろう」

「――誰がバカだって？」

途中混じった罵詈《ばり》を聞き逃さずウィリアムは言い返すが、ハーヴィーは無視して、「それに」と続けた。

「付き添いなら、プラントハンターとして動くわけではないということで、君への面目《めんぼく》も立つだろう。――どうやら、話を持ってきたのが彼のお父上だったらしく、断れなかったというのもあるみたいだ」

「ロナルド氏が？」

「ああ」

うなずいたハーヴィーが、言う。

「で、引き受けるにあたって、見聞を広げるのにちょうどいいからとレベックの同行を条件にしたと聞き、それならそれで、レベックの分の旅費をうちが引き受けることにして、今回、レベック個人にプラントハンティングの仕事を依頼したってわけだ」

「へえ」

意外そうに応じたウィリアムが「だが」と言う。

「大陸なら、ちょっと前に、君自身がまわってきたばかりだろう」

「そうだが、レベックなら、俺とは違う視点でなにかを見つけてくるだろうし、なにより、友人として、今のネイトの窮状《きゅうじょう》を放ってはおけないからな。お荷物を抱《かか》え込《こ》み過ぎている彼の負担を、少しでも軽くしてやりたいじゃないか」

最後の言葉は、明らかにその「窮状」を作り出している最大のお荷物であるウィリアムへのあてつけであった。

だが、ウィリアムは聞き流し、「で」と知りたかったことを尋ねる。

「ネイトは、いつ頃戻るって？」

「知らない。半年か、一年か」

「え、そんなに？」

「だから、知らないって言っているだろう」

本気で辟易《へきえき》し始めたらしいハーヴィーが、馬車に乗り込みながら「ただ、まあ」と告げた。

「ネイトのことだ。引き受けたからには、戻るのは、問題となっている気鬱症《メランコリー》のご子息の回復を待ってからだろうよ」

3

ザザザザザ。

波頭をかき分け、船が進む。

晩夏のロンドンを発《た》ったネイサンとレベックとリッター医師の息子、エドモンド・リッターがまず向かったのは、フランスだ。

そこから、陸路で大陸を移動する自由気ままな旅である。

エドモンド・リッターは、栗色の髪と淡靄色《ヘイズブルー》の瞳をした賢そうな青年であった。身長は、ネイサンより少し低いくらいでウリ科の植物のようにヒョロリとしている。

おそらく溌剌《はつらつ》としていた頃はとても魅力に溢れる青年であったのだろうが、今は、まったく冴《さ》えない様子だ。

気鬱症《メランコリー》というのに偽《いつわ》りはないようで、終始沈《しず》み込《こ》み、顔色もよくない。晴れ渡った今日も甲板《かんぱん》に出てくることはなく、船内の部屋に留《とど》まっている。

そんな青年リッターに対し、ネイサンも特になにを言うでもなく好きにさせていた。

ひとまず、様子見というところだ。

それにしても、良い天気だった。

太陽がさんさんと輝き、潮風がなんとも心地いい。

荒れ狂う船の生活に慣れているネイサンにしてみれば、これ以上はないというくらいの航海日和《びより》で、久々に心が浮かれる時間となる。

そんな彼に寄り添うレベックが、ややあって、なんとも心配そうに尋ねた。

「ネイサン、本当によかったんですか?」

「なにが?」

「ウィリアム様に黙って、ロンドンを発ってしまったことです」

「……ああ」

「今ごろ、誰かから話を聞いて、とても怒っていらっしゃるかもしれませんよ?」

「そうだね」

そこで、海に背を向けて手すりによりかかったネイサンが、「でもまあ」と続ける。

「もともと怒っているのだから、今さらって感じだし、父上の言っていた通り、付き添いということなら、このことで誰かになにか言われても公爵としての面目は立つはずだから、気にする必要はないだろう」

「……はあ」

レベックが、複雑な心境を隠せない様子で黙り込む。

彼にしてみれば、この件では、ネイサンもいささか意地になっている気がしないでもないの

だろう。だが、それでも、ネイサンという稀有《けう》な人間の深慮《しんりょ》を信じ、この件にはそれ以上触れないことにしたようだ。

「それなら」と、話題を一変し、船室のほうを目で示しながら訊いた。

「リッターさんは、大丈夫でしょうか？」

「ああ。彼のほうは、あまり大丈夫ではなさそうだね」

「どうなさるおつもりですか？」

「そうだな」

肩をすくめたネイサンが、「まあ」と答える。

「焦《あせ》っても仕方ないし、いちおう、気鬱症《メランコリー》に効く薬草は何種類か持ってきているから、それを試しながら、様子をみることにするよ」

正直、ネイサンは医者ではないため、気鬱症《メランコリー》の治療法などはさっぱりわからないでいるが、生来楽観的な性格をしているので、なんとかなるだろうと考えていた。

ネイサンが、続けて言う。

「彼が心に抱え込んでしまった闇《やみ》がなにか、この旅でわかるといいけどな」

「そうですね」

うなずいたレベックが、「残念ながら」と言う。

「僕の場合、植物の気持ちなら少しはわかるんですけど、人間の心理となるとさっぱりですから、お役に立ちたくても、立てませんし」

「そんなの、僕だってわからないさ」

笑ったネイサンが、「ただ」と人さし指をあげて忠告する。

「今回、君は正真正銘《しょうしんしょうめい》『ハーヴィー&ウェイト商会』に雇われた一人のプラントハンターとして来ているんだ。こっちのことは気にせず、それに専念するといい」

「わかっていますが……」

その仕事だって、別に本気でレベックに依頼したかったわけではなく、ハーヴィーとネイサンの間にある厚い友情の賜物《たまもの》に過ぎない。

それで、むしろ申し訳なく思っているレベックに、ネイサンが「いいかい、レベック」と諭《さと》した。

「僕もハーヴィーも、君には期待しているんだ。だから、人の動向なんか気にせず、自分がやるべきことをやればいい。むしろ、与えられた機会を存分に生かすことこそ、ハーヴィーや僕への恩返しになると心得るんだな」

「与えられた機会を存分に生かすこと――ですか」

その言葉が、レベックの意識を変えたようだ。

彼らの援助が同情からではなく期待のためであるなら、申し訳なさなど脇に置き、その期待に応《こた》えることで恩返しができると思えたからだろう。

「そうですね」

納得したレベックが、受け入れる。

「わかりました。——僕、ハーヴィーさんのために、いい成果をあげるようにがんばります」

「その意気だよ」

微笑《ほほえ》んだネイサンが、「ということで」と現実的な方向性を伝える。

「上陸したら、君は僕たちとは別行動をするように」

「え？」

そこまでの個人行動は考えてもみなかったレベックに、ネイサンが言う。

「先々で通訳を雇ったりするなど、やることは多いけど、君なら十分にこなせるはずだ」

「……はあ」

「もちろん、ずっとというのではなく、いちおうこの旅の期間中、緊急時のために、僕がロンドンからの手紙を受け取ることになっている宿が幾《いく》つかあるから、安否確認のために、一定の期間のうちにその宿で落ち合うことにして、それ以外は自由行動にしようということだ」

「本気ですか？」

レベックが、信じられないという表情で尋ねる。

なんだかんだ、彼はこれまでネイサンの助手という立場で動いてきたし、この旅でもそのつもりでいたのだろう。

だが、ネイサンのほうは、ハーヴィーが仕事の依頼を申し出てくれた時点で、その考えを改めていた。

レベックが独り立ちするのに、これほどいい機会はない。

「もちろんだよ。――まあ、道中、多少の危険は覚悟する必要があるけど、こんな幸運は滅多《めった》にないわけで、失敗を恐れずやってみるといい」

言ったあとで、様子を窺《うかが》うように訊く。

「――もしかして、不安かい？」

「いえ」

きっぱり言い切ったレベックが、「むしろ」と答えた。

「ワクワクします」

元来がしっかり者であるレベックは、顔をほころばせて応じたあと、「でも」と再度確認する。

「本当に、それでいいんですか？」

レベックがいなければ、いったい誰がネイサンのために雑事をこなすのか。それでなくても、ネイサンは、今回病人の面倒をみなければならず、自由の利かない身だ。

もっとも、ネイサン自身、誰かに面倒をみてもらわないと生きられないような軟弱な性格はしていないため、その心配は不要であった。

今も、優しく笑って諭《さと》す。

「当たり前じゃないか。君は、今回、個人で仕事を請け負《うお》ったのだから、そもそものこととして、僕のことを気にする必要などまったくないんだ。――ただ、だからと言って、決して無理しろというのではなく、困ったことが起きたら指定の宿に駆け込むか、早馬で知らせを寄越してくれたら、僕が、すぐに駆けつけるから」

自由にはさせても、面倒事は引き受けてくれるという、どこまでも甘いネイサンだ。

「はい」

嬉しそうにうなずいたレベックが、心から礼を述べる。

「あの、本当にありがとうございます、ネイサン」

「礼なら、帰ってからハーヴィーに言うんだな。――今回の雇い主は、他でもない、なんとも太っ腹なところを見せてくれた彼なんだから」

4

時が過ぎ、初秋を思わせる風が吹き始めた大英帝国の首都、ロンドン。

ワイト島から戻って来たウィリアムは、その日、友人の誘いを受け、当代きっての外科医というブラックウッドが執刀《しっとう》する公開手術の見学をしに、ユニバーシティ・カレッジの附属病院に来ていた。

だが、そこで見た光景のおぞましいこと——。

結果、今、彼は建物のそばにある茂みに頭を突っ込み、嘔吐《おうと》している。

「……ああ、クソ」

苦しげな息の下で、ウィリアムは毒づいた。

「なんで、あんな忌《い》まわしいものを、みんな、好き好んで見に行こうと思うんだ！」

手術は、はっきり言って地獄絵《じごくえ》だった。

もともと、あまり気は進まなかったのだが、それが今流行《はや》りとなっていては、時代の最先端を行く公爵として一度も経験しないわけにもいかず、渋々やってきた。

しかし、やはり来るべきではなかった。

まさに、「後悔先に立たず」である。

あれほどおぞましいものを見るくらいなら、一生、世を忍んで修道院かなにかで暮らしていたほうがマシだ。

「……あんな」

言いながらその時の光景を思い出し、ふたたび胸がムカムカしてきたウィリアムが茂みの陰に頭を突っ込んでいると、すぐ近くで人の声がした。

どうやら、公開手術が終わり、人々が散り散りになって出てきたらしい。

「……すごかったな、今日の見世物は」

「ああ、すごかった」

「感動したよ」

「それなのに、途中、何人か、泡を吹いて逃げ出した軟弱者がいただろう。あれくらいの手術、俺たちなら、食事をしながらでも楽しめるっていうのに」

「たしかに、情けない」

「今ごろ、どこかの木陰《こかげ》で吐いているんじゃないか」

そこで、彼らはゲラゲラと神経質そうに笑う。

こちらの姿が見えているとは思えないが、まるで自分のことを笑われたかのように感じたウィリアムは、身体を起こし、ポケットから取り出した気付け薬で口をゆすぐと、なにくわぬ顔をしてゆっくりと立ち上がった。

軽く身なりを整えつつ、物陰からそっと覗《のぞ》く。

すると、そこに白衣を着た若い青年が数名立っていて、嗅《か》ぎ煙草《たばこ》をやりながら話し続けている。

「エーテル麻酔をしていなければ、もっと悲惨《ひさん》なのに」

「そうそう。――あんな、ピクリとも動かない患者の手術なんて、楽しい以外のなにものでもない」

豪語する青年たちを見つつ、ウィリアムは内心で思う。

（こいつら、きっと『ガワーストリートの不信心ども』だな）

教育病院であるユニバーシティ・カレッジのある通りの名を取ってそう呼ばれる医学生たちは、日々、あまりに悲惨な外科手術や解剖を見過ぎて、神経がいかれてしまっているともっぱらの噂《うわさ》だ。

そして、目の前にいる青年たちの無神経な言動から、ウィリアムは、彼らの神経も同じようにややいかれていると見て取ったのだ。

青年たちが、会話を続ける。

「それにしても、さすが、ブラックウッド教授だ。メスさばきが尋常《じんじょう》ではなかった」

「ああ」

「なんでも、エジンバラで、ものすごい数の死体を解剖したということで、その過程で身につけた技法らしい」

「へえ」

「なるほど、エジンバラね」

応じた一人が、やや声をひそめて「エジンバラと言えば」と言った。

「実は、僕も、ある人に誘われて『十二シリングの会』に入ったんだ」

「ほお」

「そのおかげで、苦労することなく人体に対する研究が進んでいるよ」

「よかったじゃないか」

すると、空を見ながら気持ちよさそうに嗅ぎ煙草をやっていた別の青年が「俺は、先月」とちょっと声をひそめ、怪しげな打ち明け話を始めた。

「例の、『蛇《へび》がもたらす、秘密の刻印のある死体』を解剖したんだよ」

「なんだって⁉」

驚いた様子の青年たちが、真剣な表情で問い質した。

「それは、本当か？」

「偽物《にせもの》ではなく？」

「本当だとも」

「秘密の刻印が、ついていたのか？」

「ああ、あった」

どこか得意げな告白者に対し、こちらに背中を向けている青年が「おい」とあたりを憚《はばか》るように忠告した。

「君たち、滅多なことを言うなよ。蛇に嚙まれるぞ」

とたん、そこにいる全員が青くなって黙り込んだ。

立ち聞きしていたウィリアムは、眉《まゆ》をひそめてその様子を観察する。

（いったい、なんの話だ？）

考えながら、情報を頭の中で整理してみる。

(『蛇がもたらす、秘密の刻印のある死体』だって？)

また、なんとも怪しげな表現であるが、なにかの隠喩《いんゆ》なのだろうか——？

しかも、その蛇は、噛むという。

物陰にいるウィリアムが、それらの暗号めいた言葉に首をひねっていると、ふいにポンと肩を叩かれて、心臓が飛び出そうなほど驚いた。

「わ——」

思わずウィリアムが声をあげると、それまで嗅ぎ煙草を楽しんでいた青年たちが「おい、まずいぞ」と言って慌てて逃げ出すのがわかる。

(——しまった)

苦々しく思いつつウィリアムが振り返ると、そこに、汚れた手術着を脱いで紳士らしい恰好《かっこう》になったブラックウッド医師の姿があった。

がっちりとした体格の、いかにもアングロサクソンらしい顔立ちをした男で、一昔前なら、戦場の最前線で猛進していてもおかしくない雰囲気を湛《たた》えている。

立ち聞きが見つかったことで少々気まずい思いをしつつ、ウィリアムが挨拶する。

「これは、どうも、ドクター・ブラックウッド」

「いやいや、どうも、公爵様」

そこで、チラッと青年たちがいたほうに視線を流してから、ブラックウッドは「それで」と訊いた。

「手術は楽しめましたか？」

「まあ、そこそこ」

もちろん、まったく楽しめなかったウィリアムだが、どうやら外科医たちの常識では、楽しめないのは軟弱者となるようなので、ここは意地でもそう言うしかない。

だが、ブラックウッドはしっかり彼のことを注視していたようで、「それなら」と続けた。

「ご用事で途中退席なさったのは、残念でしたね」

「いかにも」

鷹揚《おうよう》に応じたウィリアムが、さらに見栄を張る。

「まあ、次の機会に期待しようと思う」

「そうですね。――いつでもいらしてください」

おそらく、ウィリアムが二度とごめんだと思っていることがわかっているのだろう。さげすむような笑顔で言ったブラックウッドが、「ときに」と尋ねる。

「公爵様は、ここでなにを？」

「……ああ、いや、たいしたことではない。ただ、気分転換に花を愛《め》でていただけで。――なんだかんだ、僕には美しい花が合っているようだ」

「ああ、なるほど」

彼らのそばにはいちおう秋薔薇《あきばら》が咲いていたため、決しておかしなことを言ったわけではない。

疑わしげだったブラックウッドも、周囲に目をやりつつひとまず納得した。

「たしかに、薔薇がきれいですね。手術室にも一つ二つ飾っておくといいかもしれない。これから手術をするという患者の心も和《なご》みそうですよ」

「だといいが……」

ブラックウッドの言い方は、決して礼を失するものではなかったにもかかわらず、なんとなく手術を見た時と同じくらい気分を害したウィリアムは、挨拶もそこそこに彼の前から立ち去った。

5

数日後。

ウィリアムは、ロンドン郊外にあるアーマード伯爵の城に来ていた。

というのも、先日、ロンドン市内にある公爵家の居城の一つであるデボン・ハウスに立ち寄ったところ、そこに住んでいる母親からあることを頼まれたからだ。

曰《いわ》く。

「私としたことが、アーマード伯爵の城で開かれるパーティーに出席するとお返事をしたのをうっかり忘れて、同じ日に、ウィンダミア侯爵夫人のサロンで開催される詩人の会に顔を出す約束をしてしまったの」

つまりは、ダブルブッキングということだ。

それは結構めずらしいことで、社交好きの彼女が、この手のミスをすることはあまりない。

それでも、双方の城が近ければ、かけもちをすることもできただろうが、生憎《あいにく》、結構離れている。

そこで、ウィリアムの出番というわけだ。

ウィンダミア侯爵夫人の会合にはどうしても母親自身が出席する必要があるため、アーマード伯爵の城で開かれるパーティーには、ウィリアムに彼女の代理として顔を出して欲しいというのであった。

その際、母親は続けて言った。

「そのパーティーはね、ご令嬢であるパトリシアさんの誕生日を祝うもので、贈り物はすでに手配してあるから、貴方は、当日、顔を出してくれるだけでいいの」

そうせがまれ、仕方なくやってきた次第だったが——。

（くそ、やられた）

ウィリアムは、到着早々思ったものである。

（これは、誕生日を祝うという名目のもとでの、ふつうの見合いじゃないか！）

というのも、名乗りあげからして、代理とは思えないほどの仰々しさで、なにより、その後、すぐに着飾った伯爵令嬢に引き合わされたからだ。

「娘のパトリシアです」

その言葉で前に進み出た女性は、深窓の令嬢と言える奥ゆかしい美人であったが、その瞳は夢見がちで、公爵家の妻に相応《ふさわ》しいタイプには見えない。

なにせ、当世の夫人の役割の一つに、階級を超えた人々を集めて活気あるサロンを運営し広く情報を蒐《しゅうしゅう》集するというものがあって、その人物が持つ生来の外向性はかなり重要な要素になるからだ。

とはいえ、これが一種の見合いであるのは、間違いない。

きっと、いつまでもフラフラしている息子を結婚させるためには、相手の資質など考慮している場合ではなく、とにかく数を打って当てようという気になったのだろう。

（母上に、騙《だま》された！）

そんな思いを抱きながら、ウィリアムは、今の彼にできる最大限の微笑を浮かべて窮屈《きゅうくつ》な時間をやり過ごしている。

もちろん、ウィリアムの他にも、婿《むこ》にするのによさそうな適齢期の子息が大勢来ていて、このまま、すぐに話がまとまるというものではなさそうだが、とんでもなく裕福な独身公爵であるウィリアムへの期待は、当たり前だが、並み居る候補者たちを凌《しの》いでいる。

アーマード伯爵などは、今この瞬間にも結婚式を挙げたそうな勢いであったが、ウィリアムはのらりくらりとかわして、その気のないことをアピールした。

幸い、乗り気でないのは伯爵令嬢も同じであるらしく、父親がなにを言ってもどこか浮かない表情でいる。

そこで、ウィリアムは、二人きりにされたところで、適当な口実を設《もう》けて彼女と別れ、一人、静かな城内を散策することにした。

この手の城では、たいてい、長廊下に設けられたロングギャラリーや主人自慢の書斎などが開放され、少々おしゃべりに疲れた招待客たちの憩《いこ》いの場所となるからだ。

代々アーマード伯爵を継いでいるブライ家は、貴族の中でもなかなか歴史のある裕福な家系で、蒐集した絵画や工芸品などには質のいいものがたくさんそろっていた。

それらを丹念に見てまわり、食事までの時間を潰《つぶ》していたウィリアムは、ロングギャラリーの先にある階段にさしかかったところで驚きとともに足を止めた。

「――――え？」

そこに、信じられないものを見たからだ。

「……レベック？」

夕陽を浴びて赤々と燃える赤毛。

こちらを見つめ返す金茶色の瞳。

だが、ネイサンとともに外遊に出ているはずのレベックがこんな場所にいるはずもなく、落ち着いてよくよく目を凝《こ》らして見れば、それは踊り場にかけられた一枚の肖像画であるのがわかる。

「――なんだ、絵か」

拍子抜けしたように、ウィリアムはつぶやいた。

考えてみれば、当然のことである。

言ったように、イギリスを離れているレベックがこんなところにいるわけがないし、そもそも、服装などが、彼の知るレベックとはかなり異なっていた。

(だけど――)

ウィリアムは、階段の下から改めて肖像画を眺めやり、感心した面持《おもも》ちで思う。

(これは、どこからどう見ても、レベックだ)

顔も、どこか浮世離れした雰囲気も、すべてがレベックにそっくりで、別人とは考えられない。

だが、それならそれで、なぜ、レベックの肖像画がこんなところにかかっているのか。

アーマード伯爵やブライ家と、どんな繋がりがあるのか。

それになにより、ウィリアムがこうしてネイサンと離れて一人さびしく彷徨《さまよ》っているのも、もとはといえば、レベックに原因があるというのに、その彼の肖像画をこんな場所で見ることになるとは、なんという皮肉だろう。

衝撃から立ち直れないまま、ウィリアムが肖像画を前に考え込んでいると――。

「それに、興味がおありですか？」

ふいに背後から声をかけられ、ウィリアムはハッとする。

慌てて振り返ると、そこに一人の男が立っていた。

現代風な衣装を身にまとっているが、全体的にどこか古風な感じのする男だ。長い髪を後ろで緩《ゆる》く結んでいるせいかもしれない。それは、どこかこの世の者ではない雰囲気を、この男に与えていた。

さらに言うと、全《まった》く気配を感じさせなかった近づき方が、まるで空間から湧いて出たかのようだった。

「……えっと、貴殿はたしか」

紹介を受けたのは覚えているが、とっさに相手の名前を思い出せなかったウィリアムに、相手は慇懃《いんぎん》に答えた。

「改めまして、この城で主治医をしている薬剤師のギデオンでございます。以後お見知りおきを、公爵様《アワー・ロード》」

「ああ、そうだった」

このパーティーが実質お見合いの場であることを認識した衝撃の中、立て続けに大勢の人間に紹介され、そのどれにもうわの空で答えていたうちの一人である。

ウィリアムがとっさの非礼を詫《わ》びた。

「申し訳ない、ちょっと混乱していて」

「お気になさらず」

応じたギデオンが、問題の肖像画に視線を移してふたたび尋ねた。

「それより、随分と熱心にその肖像画をご覧になっていたようですが、なにか理由がおありでしょうか？」

「いや」

同じように肖像画に目をやったウィリアムが、いまだ戸惑いを隠せずに答える。

「ちょっと知り合いに似ていたもので――」

「ほお。お知り合いに……」

その一瞬、暗い色の瞳を光らせた相手が、訊く。

「ちなみに、どなたでしょう？」

「友人の助手だ」

簡潔に答えたウィリアムが、質問に転じる。

「それで、貴殿のほうこそ、この肖像画に描かれた人物に心当たりがおありで？」

「そうですね」

うなずきながらうっすらと笑ったギデオンが、ウィリアムにはとんでもなく高圧的であるように思えた。まるで、まわりにいる人々を虫けらとでも思っているかのような――。

あるいは、人間という生き物を見くだしているいにしえの神々か魔物のようだったと言うべきか。

なんであれ、ウィリアムは、その笑みにいささかぞくりとさせられた。

大英帝国の中枢《ちゅうすう》を担《にな》う公爵家という高貴な身分に生まれついた彼は、いまだかつて誰かに委縮《いしゅく》するということはなかったのだが、生まれて初めて若干そうなりそうな自分がいるのを意識する。

（なんだ、この男は――）

言葉はずっと丁寧だし、態度も慇懃であるのに、男の中のなにが、そんな気分にさせるのか。

わからないまま答えを待っているウィリアムに、ギデオンが告げる。

「ニールですよ」

「ニール？」

繰り返したウィリアムが、訊き返す。

「それが、あの肖像画の青年の名前？」

「そうです」

ということは、少なくとも、肖像画に描かれた人物がレベックでないのは間違いなさそうで、そのことに安堵《あんど》しつつ、ウィリアムは「それなら」と尋ねた。

「その『ニール』なる御仁《ごじん》もブライ家の一族の一人なのだろうか？　こうして見る限りあまり似ていないように思うが……」

「いえ、違うでしょうね」

ギデオンが即答し、「ニールは」と付け足した。

「『塚の一族』ですから」

「『塚の一族』？」

耳にしたことのない名称をあげられ、ウィリアムが「それはいったい」と訊き返そうとしたが、その時、伯爵令嬢のパトリシアがやってきて、二人に声をかけた。

「ああ、公爵様。お捜ししましたわ。――それに、ギデオンさんも。こちらにいらしたんですね」

ちらっと主治医に視線を流したパトリシアが、すぐにウィリアムに向き直って告げた。

「お食事の準備ができましたので、どうぞ、食堂へいらしてください」

そこでウィリアムが、紳士のたしなみとして彼女に腕を差し出しながら尋ねる。

「ちなみに、レディ・アーマード、貴女《あなた》は、あちらにかかっている肖像画について、なにかご存知ではありませんか？」

「肖像画？」

「はい。——あの赤毛の」

とたん、声を弾《はず》ませたパトリシアが答える。

「ああ、『花園のニール』ですね？」

「『花園のニール』？」

「肖像画のタイトルです」

二人して足を止め、肖像画のほうを振り返りながらパトリシアが説明を続ける。その表情は、ウィリアムが初めて見るほど輝きのあるもので、そこには、明らかに恋する一人の乙女《おとめ》の姿があった。

「お父様の伯母《おば》にあたられるエレイン・ブライが、かつてある場所でお見かけした殿方をお描きになったものと聞いております。それゆえ、ブライ家の肖像画が並ぶ中では、かなり異彩を放っていますでしょう？」

「たしかに」

応じたウィリアムが、まずは褒《ほ》める。

「エレインという方は、絵の才能がおありだったのですね」

「ええ」

「それで、その『ある場所』というのは？」

「さあ」

そこで、淋《さみ》しそうに目を伏せたパトリシアが、「私が聞いているのは」と答えた。

「デボンシャーのどこかにあった館というものだけで、詳しいことはわかりません。——ただ、そこは、びっくりするほど美しい花々に溢れた場所で、この世の楽園であったという話でございます」

それに対し、ウィリアムが感慨深《かんがいぶか》げにつぶやく。

「デボンシャーにあった、美しい花々に溢れた場所……」

パトリシアが「ああ、でも」と再び顔を輝かせて主張する。

「そんなことよりすごいのは、私、少し前に、あの方にお会いしたのです！」

「会った？」

驚いたウィリアムが、訊き返す。

「ニールに？」

「はい」

うなずいたあと、片手で頬を包み込むようにして幸福そのものといった表情で微笑んだパトリシアが、「あの方は」と嬉しそうに続けた。

「今も、この世界で変わらずに生きているんですよ」

6

（……もし）

暖炉《だんろ》の火を見つめながら、ウィリアムは思う。

（パトリシアが会ったというのが、本当にあの肖像画の青年であるなら、その人物はすでに老人になっていないといけない）

それなのに、彼女はまるで恋する乙女のように、自分が会った人物のことを話していた。

その口ぶりからして、おそらく、彼女の前に立ったのは、寄る年波の影響を受けたニールではなく、若い頃のニールそのままだったに違いない。

（つまりは、別人だ）

肖像画の人物とは別の、若々しいニール――。

考えられることとして、彼女が会ったのは、今様《いまよう》ニールであるレベックなのだろう。

調べたところ、彼女が庭でニールに会ったと主張している頃に、あの城には、ウィリアムとも馴染《なじ》みが深い「ハーヴィー＆ウェイト商会」が出入りしていた。

そして、当時の「ハーヴィー＆ウェイト商会」では、間違いなくレベックが手伝いとして働いていたはずだ。

（まあ、それがレベックであったのはいいとして、むしろ問題は――）

ニールの存在だ。

ウィリアムがアーマード伯爵の城を訪れた日から数ヵ月。

季節はすでに冬となり、居住拠点をデボンシャーのロンダール・パレスに移したウィリアムは、一人静かに考え事に浸《ひた》っていた。

いつもなら一緒に来るはずのネイサンは海の向こうに行ったきりで、今年は、さびしい年越しとなる。

ゆえに、やることといえば、考え事くらいだ。

暇《ひま》に飽《あ》かせて、彼は考え続ける。

あのあと、アーマード伯爵にそれとなく確認したところ、やはり、「エレイン」という名の彼の伯母が出入りしていた場所というのは、ウィリアムとネイサンも、以前、「七色のチューリップ」の存在を求めて訪れたことのある、例の「フローラの庭」のあった館であることがわかった。

しかも、時代的にみて、それとほぼ同じ頃、ウィリアムの大叔父《おおおじ》にあたる第四代ロンダール公爵やネイサンの祖父であるガウェインも、その館に出入りしていた。

さらに言えば、その頃、レベックも「フローラの庭」の庭師の養い子として、その場所にいたことは、すでにわかっているわけで、当然、レベックとニールが同時期にあの場所に存在していた可能性は非常に高くなってくる。

ただ、残念ながら、「ニール」について言及されたものがウィリアム側にはないため、それが、本当に現実に存在した者なのか、あくまでも「エレイン」という女性の想像の産物に過ぎないのかが、わからない。

となると、やはり、事の発端となっている「エレイン」から直《じか》に話を聞きたいとなるわけだ。

幸い、彼女はまだ存命で、疑いの眼差《まなざ》しを向けてくるアーマード伯爵からどうにかこうにか聞き出したところによれば、現在、デボンシャーのホスピスで余生を静かに送っているということだった。

そこで、ウィリアムは、現在、手紙を出して彼女と会う段取りをつけている。会ってもらえるかはわからないし、会ったところでたいした話は聞けないかもしれない。

それでも、彼はエレインに会ってみたかった。

当時のことを知る、数少ない生き証人だからだ。

(それまでは――)

ウィリアムが考えていると、家令のグリーンフィールドがやってきて、準備が整ったと告げた。

「ご要望通り、書斎のほうに、チャールズ様の残した備忘録その他をすべてお出ししておきました」

「ああ、ありがとう」

礼を言って立ち上がったウィリアムに、グリーンフィールドが尋ねる。

「それにしても、ここに来て、チャールズ様のことをお知りになりたいというのには、なにか理由がおありでしょうか？」

ふだん、滅多にウィリアムのやることに口出しすることのない彼であったが、さすがに、戻って早々、「第四代ロンダール公爵に関する資料をすべて揃《そろ》えてくれ」と言われたことに疑問を抱き、意図の確認をしたのだろう。

時として、家令は、誰よりも主人の裏の考えを理解し、それをフォローする必要があるからだ。

そこで、ウィリアムは苦笑し、「安心しろ」となだめた。

「ただの酔狂《すいきょう》だ」

「……はあ」

「ほら、今年はネイトもいないし、長い冬を一人で過ごすのに、独身貴族だった先祖のことを調べ、その人生を追ってみるのも一興《いっきょう》と思っただけさ」

第三章　青年リッターの告白

1

ロウソクの炎が揺れる室内。

あたりには、異臭を放ちそうなものが散乱している。

床の上に影のように黒々とした痕跡《こんせき》が残っているのは、おそらく染みついて取れなくなった血液だろう。他にも鈍色《にびいろ》に輝く様々な器具類や、壁際の棚には、ホルマリン漬《づ》けになった臓器のようなものが並ぶ。

それらすべてが、どうにもおどろおどろしい。

明かりの届かない隅のほうに、魔物が潜《ひそ》んでいてもおかしくない光景だ。

ここは、とある病院内の解剖室《かいぼうしつ》である。

だが、全体が妙にぼやけた感じで、正直、夢なのか現実なのかが、今一つ区別できない。

そんな中、白い台の上に人が乗っている。

じっとしたまま動かない。

死んでいるようにも見えるが、肌の色はまださほど血の気を失っておらず、もし死んでいるなら、息が止まって間もないと考えられる。

死体の額には、丸い刻印があった。

いったい、なんの印であるのか。

台のまわりには白衣姿の男たちが数人集まり、なにやら小声で話している。

最初のほうは、よく聞き取れない。

「…………だな」

「……せんでいい」

「うん、申し分のないサンプルだ」

「さすが、蛇《へび》のもたらす恩恵」

「我らは、みな、蛇に誓《ちか》いを立てた者たちだからな」

だが、これらの情景を眺めている青年には、会話の意味するところがよくわからない。彼はまだ学生で、ここへは、学部の指導教授に言われてやってきたに過ぎないのだ。

それなのに、教授の気まぐれで、彼は目の前の死体にメスを入れる栄誉に与《あずか》ることとなった。

「これも、勉強のうちだよ」

「君には、大いに期待しているんだ」

「――はい」

口々に言われ、彼は大きくうなずく。

たしかに、こんな機会は滅多《めった》に訪れるものではなく、彼は怖気《おじけ》づきつつ、教授から渡されたメスを目の前の死体に深く潜《もぐ》り込《こ》ませた。

スッと。

メスは、やけにすんなり入る。

同時に、溢《あふ》れ出《で》る血。

(――え?)

それで、彼は動揺した。

(死体とは、こんなに柔らかいものであったか――?)

それに、なぜ血が流れるのか。

違和感を覚える彼の背後で、居並ぶ人々がざわつくのが聞こえる。

いったい、なにが起きているのか。

混乱する彼の脳裏で警鐘が鳴った。

なにか、とんでもないことが起きている――。

すると、突然。

パチッと、目の前の死体の目が開いた。

驚きで固まった青年のことを、恐怖の色を浮かべた目が見あげてくる。

そして、次の瞬間。

「ぎゃああああああああああああ！」

絶叫が、響きわたった。

2

「うわあああああああああああ！」

叫んだところで、リッターは飛び起きた。

だが、悲鳴は止まらず、彼はベッドの上で叫び続ける。

「ああああああああああああ」

その声で目覚めたネイサンは、布団をはねのけて飛び起きると、少し離れたベッドにいるリッターの元へと走り寄る。

「エディ、エディ」

リッターのファーストネームである「エドモンド」の愛称を呼びながら、起きてなお頭を抱《かか》えながら叫び続けている彼の肩を抱いてやる。

「大丈夫だ、エディ、大丈夫だから、落ち着いて」

そうしてなだめすかすこと数分、ようやくリッターが落ち着きを取り戻し、汗に濡れた前髪の下からネイサンの顔を見あげた。

身体は、小刻みに震えたままだ。

「──ああ、ネイサン」

「エディ、大丈夫かい？」

「……はい」

うなずいたリッターが、恥じらうように俯《うつむ》いて謝る。

「すみません、こんな醜《しゅう》態《たい》をさらして」

「そんなことは、気にしなくていい」

安心させるように肩を撫《な》でてやってから、昨晩、寝る前に作っておいた鎮《ちん》静《せい》効果のある薬草茶《ハーブティー》を差し出して続ける。

「それより、これを飲んで──。本当なら温かいもののほうが落ち着くのだろうけど、さすがにこの時間に宿の人間を起こすわけにもいかないからね」

今はまだ、明け方とも言えない時間帯だ。

ただ、ドアの外に人の気配がしているので、先ほどの悲鳴で起きた人間もいるのだろう。

「いえ、これで十分です」

受け取ったリッターが、渡されたカップに口をつけ、ホッと息をもらした。

ロンドンを発《た》って、早数ヵ月。

クリスマスと年越しは、ハーヴィーが段取りをつけてくれたおかげで、途中で合流したレベックと三人、フランス人の銀行家であるトワレ氏の別荘で歓待され、なに不自由なく過ごすことができた。

その後、ふたたびレベックと別れ、ネイサンとリッターは南へとくだる道を取った。

そして、ここしばらくは温暖な地中海沿いにある港町に逗留《とうりゅう》し、気の向くままに近隣の遺跡を見学したり、植物採集をしながら山歩きをしたりして過ごしていた。

リッターは、ネイサンが処方する薬草が功を奏したのか、顔色が随分《ずいぶん》とよくなり、ふさぎ込みがちであった最初の頃よりずっと明るくなってきた。

なにより、部屋に閉じこもって一日を過ごすようなことはなくなり、ネイサンの提案を素直に受け、あちこち出歩くようになったのはいい兆候《ちょうこう》だ。

リッターは、元来好奇心が強いほうであるらしく、知識と経験が豊富なネイサンとの旅行は、気鬱症《メランコリー》からの回復を早めているようだった。

ただ、そうは言っても、今は単に問題の核心から離れているだけであって、外科医の勉強を滞《とどこお》りなく続けるためには、一度ならず、本気で気鬱症《メランコリー》の原因となった出来事と向き合う必要があるだろう。

今回の悪夢がその発端《ほったん》になればいいのだが、ネイサンは焦《あせ》らず、もう少し様子をみることにして、ひとまず自分のベッドに戻った。

ところが、そんな彼の意に反し、転機はその日の午後、突然訪れた。

朝食の席で明け方の騒ぎのことを宿の主人に謝ったネイサンは、ついでにこのへんになにか時間を潰《つぶ》せるような面白《おもしろ》い場所はないかと尋ねてみた。あんなことがあったため、今日は比較的遅くに起き出し、すでに遠出をするという時間でもなくなっていたからだ。

「それなら、岬《みさき》の灯台守を訪ねるといいよ」

宿の主人は、なんだかんだ金払いのいいネイサンに対し、とても親切に教えてくれる。

「灯台守?」

「ああ。身体を壊すまでは漁師をしていた男で、昔、網《あみ》にかかったという地中海のお宝や浜で見つけたガラクタなんかを、売りもせずに後生《ごしょう》大事に取っているんだよ」

「へえ」

「引退した今は、それらを人に見せては自慢するのが唯一の楽しみでね。退屈な話を聞く覚悟があるなら、ぜひ行ってみるといい」

そこで、早々、ネイサンはリッターを連れて、歩いて一時間くらいのところにある岬へとやってきた。

宿の主人の言葉通り、灯台守は突然訪ねて来たネイサンたちに嫌な顔一つせず、むしろ嬉々として自分のコレクションを披露《ひろう》してくれる。

「これは、古代ギリシアの壺《つぼ》の欠片《かけら》だ」

オレンジ色の破片を指さして言ったあとで、「こっちは」と錆《さ》びた歯車のようなものを見せて告げる。

「おそらく、天球儀の一部だと思う」

「そうですね」

取り上げて眺めたネイサンが認め、さらに、雑然としたテーブルの端に転がっていた岩に注目して言う。

「それは、アンモナイトの化石ですね？」

「ああ。あんた、よく知っているな。――俺が、そこの浜辺で見つけたんだぜ」

「それは、すごい」

感心するネイサンに、興に乗ったらしい灯台守が「それとなあ」と言って小さな宝箱を取り出した。

「これは、そのへんの奴《ヤツ》らには見せないようにしているが、あんたらは信用できそうだから、特別に本物のお宝を見せてやるよ」

そのもったいぶったもの言いに、いったいなにが出て来るのかと思って期待していると、それは、たしかに「本物のお宝」と言える代物《しろもの》だった。

「へえ、硬貨《コイン》じゃないですか」

「そう」

得意げにうなずいた灯台守が、「おそらく」と推測する。

「ローマ時代のものだと思うんだが」

「そうですね」

一枚、一枚、手に取って眺めていくネイサンが、見終わったものをリッターに渡しながら同意し、さらに別の一枚を手に取ったところで、「ああ、こっちは」と告げた。

「旧ソブリン金貨だな」

現在のソブリン金貨には時の施政者であるヴィクトリア女王の顔が刻印されているが、ここにあるものは違い、おそらく価値基準の異なる十六世紀頃のものと考えられた。

それを、今までと同じ流れでリッターに渡す。

とたん。

金貨を手にしたリッターが「ひっ」と小さく悲鳴をあげ、その場で気を失って倒れ込む。

ガタガタ、バタン。

ものを倒す音が、狭《せま》い室内に響きわたった。

「――エディ⁉」

驚いたネイサンが、残りの金貨を灯台守に預けてしゃがみ込み、リッターの身体に手をかけて軽く揺さぶる。

「エディ、エディ、しっかりしろ」

どうやら、完全に意識がないようだ。

そこで、懐から取り出した気付け薬を鼻のそばに持って行くと、しばらくしてリッターが目を覚まし、恐怖の目でネイサンを見あげた。

「……ネイサン」

「大丈夫だよ、エディ。もう大丈夫だ」

数十分後。

リッターの身体が完全に回復するのを待って、二人は灯台守に別れを告げ、宿への道を歩き出す。

その途中、リッターがポツリと言い出した。

「――ネイサンは、僕になにも訊《き》かないんですね」

「訊くって、なにを？」

「それは、もちろん、今朝《けさ》のことや今のことや、なにより気鬱症《メランコリー》の原因とか……」

「ああ」

海岸沿いに歩く彼らの脇には、青い海原が水平線まで広がっている。

ザブン。

ザブン、と。

寄せては返す波を見ながら、ネイサンは言った。

「君が聞いて欲しいなら聞くけど、話したくないことを、無理に訊き出す気はないよ」

「聞いて欲しいなら……ね」

リッターは笑い、「うちの父などは」と苦言めいた口調になって吐露《とろ》する。

「とにかく、口を開けば、『なにがあった?』『どうしたんだ?』『なんで、こんなことになったんだ?』『原因はなんだ?』と問いつめることしかしなかった」

話の合間に、鬱憤《うっぷん》を晴らすように足下の砂利《じゃり》を蹴りあげ、「だけど」と続けた。

「僕の経験したことはあまりにもおぞましく、あの頃は、思い出すのも嫌だった。——まして、それを口に出して説明するなんて、僕には到底できなかったんです」

「そうか。それは、本当に大変だったね」

ネイサンは、相手の言うことを全面的に受け止め、話したがっているままに話させた。

「ただ」

リッターが言う。

「貴方《あなた》には、聞いて欲しいんです、ネイサン。——あの日、僕の身になにが起きたかを」

さらに、顔をあげ、「というより」とすがりつくような目で続ける。

「今なら、あのことを話せる気がするんです。鬱屈してしまった心が、解放を求めていると言ってもいい」

「わかった」

深くうなずいたネイサンが、促す。

「それなら、聞くよ。君の身になにが起きたか」

もとより、この数ヵ月、ネイサンはこの時を待って行動してきた。

だから、意外というより、ついに来たかという安堵《あんど》の気持ちのほうが大きい。

それに対し、リッターが決意を込めて告白する。

「僕は、人殺しです――」

「人殺し？」

のっけから、さすがに意外だったネイサンが訊き返すと、彼は「ええ」とうなずいて繰り返す。

「僕は、人殺しです。人を殺してしまったんです。――もちろん、故意にではありません。まさか、そんなことになるとは夢にも思わず、でも、この手で人を殺《あや》めたことに変わりはありません」

「なるほど」

応じたネイサンが、「だとしたら」と慎重《しんちょう》に訊く。

抱え込んでしまった闇《やみ》から今まさに一歩を踏み出そうとしているリッターを前にして、ネイサンも焦らずにことを進める必要があったからだ。

「どうして、そんなことになったんだい？」

「それは、話すと長くなりますが」

「構わないさ。僕たちには、時間が有り余るほどあるんだ」

両手を開いて応じたネイサンに、リッターが「たしかに」とうっすら笑って続けた。

「あれは、一昨年の今ぐらいの時期のことでした。エジンバラで外科医の研修を積んでいた僕は、当時師事していた教授の采配《さいはい》で、ある解剖に立ち会うことができたんです」

そこで一息つき、リッターは説明する。

「理由は不明ですが、その解剖は特殊なものであったようで極秘裏に進められました。――もしかしたらですが、遺体を非合法的に手に入れたせいかもしれません」

「非合法的？」

「はい」

うなずいたリッターが、「エジンバラでは」と続ける。

「外科に力を入れていて、とにかく症例を数多く研究するために死体の解剖が盛んに行われているんですが、当然、合法とされている死体というのは、そうしょっちゅう手に入るものではありません」

「まあ、そうだね」

「でも、噂《うわさ》によると、エジンバラの外科医たちの間には『十二シリングの会』と呼ばれる秘密結社が存在し、会員たちは、文字通り、十二シリングを払えば、いつでも解剖用の死体を手に入れられるということでした」

「いつでも？」

「そうです」

うなずいたリッターが、「同時に」と言う。

「彼の地《か》ではイギリスのどこよりも墓荒らしが盛んだと言われていて、それらを考え合わせれば、おのずと答えも見えてきますよね？」

ネイサンのほうを向いて尋ねたリッターに対し、ネイサンも彼を見て答えた。

「つまり、外科医たちによって組織されているという『十二シリングの会』と墓荒らしは繋《つな》がっていて、両者の間で闇取引が行われていたということか」

「おそらく」

「だけど、そんなことをすれば、当然、警察に目をつけられるだろう？」

「そうかもしれませんが、外科医を目指している以上、死体の解剖は避けられないことですし、誰だって、解剖用の死体は喉から手が出るほど欲しい。――となると、当然、『十二シリングの会』については、誰も滅多なことでは口にしませんし、おそらく入会に際しては厳《きび》しい宣誓《せんせい》などもあるのだと思います。そのため、僕が知る限り、表立って捜査されることはなかったようですが、墓荒らしのほうはそうもいかず、僕がこんな状態になったあとで、検挙された墓荒らしがいたと聞いています」

「なるほどねえ」

納得したネイサンが、「でも」と訊く。

「それと、君が人を殺してしまったという話は、どう繋がってくるんだい？」

「それは、最初にお話しした解剖でのことです」

リッターが応じ、「言ったように」と続ける。

「その時の死体は、おそらく非合法的に手に入れたものと思われ、額にはある刻印がされていました」

「刻印？」

「ええ。僕には、当時、それがなにを表しているのかよくわかりませんでしたが、今しがた、あの灯台守のところではっきりしました」

ネイサンが、確認する。

「ということは、その刻印というのは、旧ソブリン金貨と同じものだった？」

「そうです」

認めたリッターが、断言する。

「あの金貨の表面に描かれていた模様が、死体の額に刻印されていたんです」

「なるほど」

だから、リッターは、彼の気鬱症《メランコリー》の原因となった時のことを鮮明に思い出し、気を失ってしまったというわけだ。

リッターが「もちろん」と話を続ける。

「刻印がなにかわかったところで、それがどういう意味を持つのかまでは、わかりません。——ただ、二年前、僕を打ちのめしたのは、それが死体のように見えて、実は死体ではなかったということなんです」

「——死体ではなかった？」

目を見開いたネイサンが、尋ねる。

「それは、どういう意味だろう？」

「言葉そのままの意味です」

そこでおぞましそうに震えたリッターが、「たぶん」と暗い口調になって言う。

「考えられることとして、誤って埋められたか、捨てられて間もない死体だったのでしょうが、はっきりしているのは、解剖台の上にあったのが、死んだように見えて死んでいたわけではなく、ただ仮死状態にあっただけの人だった。——だけど、そうとは知らずに、僕は」

その先は言わなくてもわかる。

そして、聞いているネイサンでさえ、想像しただけでゾッとした。

ただ、リッターが心中に抱えた闇を吐き出すためにも、ネイサンは心を鬼にして彼に話を続けさせなければならない。

そこで、尋ねた。

「知らずに、君はどうしたんだい？」

「彼の身体を切りました。そうして、かなりメスを入れたところで、彼は目を覚まし、僕を見ながら悲鳴をあげた。――恐ろしいくらい、苦痛に満ちた目でした」

それはそうだろう。

その場は、大パニックになったに違いない。

いつしか二人は立ち止まり、夕暮れの迫《せま》り始《はじ》めた道端で向かい合って話している。

リッターは両手を顔にあて、涙を流しながら言う。

「あの目が、どうしても忘れられません」

「そうだろうね」

たとえ、彼の過失ではないにしても、そんな経験をすれば、誰だって神経を打ちのめされてしまう。

彼が気鬱症《メランコリー》になったのも、わかるというものである。

リッターが、「結局」と泣きながら続ける。

「すぐさま縫合《ほうごう》したものの、彼は、その時の傷がもとで、本当に死にました。せっかく生き返ったのに、あっさり死んでしまった。――僕が、この手で殺したんです」

ついにはしゃがみ込んで泣き出した彼に、流石《さすが》のネイサンもなにも言葉をかけられず、ややあって、その肩にそっと手を置く。

そのまましばらくそうしていたが、やがて、ポツリと労《いた》わりの言葉を口にした。

「こんなことを言ったところで、おそらくなんの慰《なぐさ》めにもならないだろうけど、僕が断言するよ。彼を殺したのは、君ではない。それだけは、間違いない。――君は、たんに運が悪かっただけだ」

そんなネイサンの手の下で、リッターは身体を震わせながらさらに慟哭《どうこく》する。

波が、そんな彼の悲しみを受け止めるかのように、寄せては返しを繰り返していた。

3

一方。

フランスでネイサンと別れたレベックは、アルプスのふもとにある小さな村にいた。

ここにくる途中、ケガをして難儀《なんぎ》していたイタリア出身の老人と知り合いになり、家まで送るついでに、彼のところでしばらく厄介《やっかい》になることができたのだ。

行き先が決まっているわけではないので、こんな旅も可能だった。

レベックが植物採集の旅をしていると知ると、博物学が趣味であるというその老人はアルプスの高山植物について教えてくれた。

話を聞いているうちに興味を覚えたレベックは、実際にその場所を訪れてみることにする。

一人旅は、身軽だ。

もちろん、ネイサンと過ごす時間は学ぶことが多く、どちらが好きかといえば、やはり一緒に旅をするほうが楽しい。

ただ、一人は一人で、自分の意思ですべてが運び、そのことにかつてないほどの充足感を覚えている。

本来、レベックは庭師の下働きとして、どこかの屋敷の庭でひっそりと人生を終える身の上だった。そうだとしても、植物に触れている限り、レベックは幸せであったし、特に文句はなかっただろう。

だが、やはり、こうして一人の人間として自由に生きられる幸せに比べたら及ぶべくもなく、このような日々を与えてくれたネイサンには、感謝してもしきれなかった。

(その恩に報《むく》いるためにも――)

レベックは、せっかくなら、今回の雇い主であるハーヴィーが小躍《こおど》りして喜ぶような珍しい品種の花々を見つけて帰りたいと思っている。

しかし、実際は、なかなかそう上手《うま》くいくものではなく、今のところ収穫はないに等しい。

たしかに、レベックには、植物の気持ちがわかるという稀有《けう》な才能が備わっていて、意思の疎通《そつう》も、それなりにできると言えよう。

とはいえ、尋ね人を捜すように花々を探せるかと言えば、そういうわけにもいかず、今日もなんの収穫もないまま、山間《やまあい》の道をとぼとぼと歩いていた。

その上、実を言うと、道に迷っている。

これは、レベックにしては珍しいことで、彼は、ロンドンやパリなどの大都会で迷うことはあっても、自然の中で迷子になることはほとんどない。

なぜなら、それこそ、尋ねれば、草木が彼に道を示してくれるからだ。

(変だな……)

しばらく歩いたところで、レベックは立ち止まって考えた。

ふもとの村へ戻ろうとしているのに、なぜか、気づくと上り坂になっていた。

(たしかに、さっき、下りの道を選んだはずなのに)

そう思って戻ろうとすると、生《お》い茂《しげ》る木々が幻惑して、どの道を来たか、わからなくした。

まるで、なにかに悪戯《いたずら》されているかのようである。

(う～ん)

悩んだ末、仕方なく進んでいくと、ようやく下り坂にさしかかる。ただし、その道の先は別の峠道《とうげみち》に繋がっているようで、ふもとへと至る道ではなさそうだ。

（このまま進むのは、危険かな……）

日が暮れてしまえば、このあたりはまったき闇に包まれる。

イギリスの平坦《へいたん》な場所なら月明かりでも歩けるが、慣れない山道を歩くのは、さすがにレベックでも躊躇《ちゅうちょ》する。

それなら、いっそ、野宿してしまったほうがいい。

あとは、寒さに耐えられるか否《いな》かだ。

そんなことを考えながらレベックが歩いていると、ふいに誰かに呼ばれた。

——こっちよ。

——いらっしゃい。

それは、とてもか細い声で、一瞬、空耳かと思ったが、よくよく耳を澄ますと、たしかにレベックのことを呼んでいるようだった。

——ほら、こっちよ。

——もうちょっと。

風に乗って届く囁き声。

いったい、誰が――いや、なにが呼んでいるのか。

よくわからなかったが、レベックは呼ばれるままに、道を外れて岩場のほうへと向かう。


――そう。こっちよ、こっち。


すると、ほどなく、木々が途切れて、ぽっかりと開けた場所に出た。

「へえ」

一瞬、異次元にでも迷い込んだかのような錯覚《さっかく》を起こし、思わず声をあげてしまったレベックは、あたりに響いた自分の声に首をすくめてから、ゆっくりと歩きまわる。

どうやらローマ時代の遺跡であるらしく、壊れた円柱や石段などが随所《ずいしょ》に見られる。

(……ここって、神殿だったのかな?)

忘れられた聖域。

あちこち草木に覆《おお》い尽《つ》くされ、いにしえの姿は見る影もなかったが、以前は、ここになんらかの建物があったのは間違いなさそうだ。

中央付近で立ち止まり、周囲をぐるりと見まわしていたレベックは、ある場所に目をとめてそちらに近づいていく。

そこは、かつて花壇《かだん》かなにかがあったように仕切られた場所で、手入れこそされていないものの、春になれば様々な野生の花が芽吹いて、彩《いろど》り豊かになりそうだ。

そして、レベックは、そこにあるものを見つけ、ホッとしたように微笑んだ。

「なんだ、君が呼んでいたのか。――やっと見つけた」

言いながらしゃがみ込んだレベックは、その場に転がっていたスズランの球根を手に取る。

おそらく、地中にあったものが、動物かなにかに掘り起こされてしまったのだろう。

だが、手入れをしてやれば、まだ花が咲きそうだ。

そこで、それを麻の布に包んでポケットにしまおうとしていると――。

「古きものと新しきものが交差するその花は、復活を司《つかさど》る春の女神オストラが守護する花――」

背後でそんな声がして、びっくりする。

慌てて振り返ると、崩れた円柱のそばに一人の女性が立っていた。

白い服をまとうその女性は、神々《こうごう》しい光を放ち、とても人間とは思えない威圧感に満ちている。

だが、それ以上にレベックが驚いたのは、彼にはその顔に見覚えがあることだった。

半信半疑のまま、彼はその名を口にする。

「まさか、フローラ⁉」

それに対し、輝きの中で微笑《ほほえ》んだ女性が答えた。

「ほお、覚えておったか。——久しいの、我が養い子よ」

「はい。——え、でも」

戸惑いを隠せずに、レベックは訊き返す。

「貴女《あなた》は、あの時、亡くなったと聞かされていました」

それはまだレベックが幼い頃のことで、ネイサンと出逢う遥《はる》か以前の話である。

「たしかに」

認めた女性が、続ける。

「生身のフローラは、あの時に死んだ」

「……生身の？」

「そう」

レベックの動揺を面白がるように笑った女性が、「だが」とやや表情を引き締めて言う。

「それには、色々と事情があってのこと」

レベックが金茶色の瞳を向ける先で、かつては「フローラ」と呼ばれし花園の主《あるじ》は、「あれから」と続けた。

「時は動き、わらわはふたたび戻って来た。——そして、あの時、ある者の望みのためにこの世に産み落とされたお前は、今こそ、お前のやるべきことをやらねばならぬ」

「やるべきこと？」

「そうだ。すべては、タイミングだからな。――『その時』を逃してはならない」

それからゆっくりと近づいてきたフローラが、麻の布にくるんだスズランの球根を持つレベックの顔に手をやり、愛《いと》おしげに覗《のぞ》き込《こ》みながら「それゆえ」と告げた。

「お前は、ここに呼ばれたのだから――」

4

数週間後。

「――ネイサン！」

呼ばれて顔をあげたネイサンは、そこに懐かしい顔を見出《みいだ》すと、読んでいた手紙を脇に置いて立ちあがり、満面の笑みで迎え入れる。

「やあ、レベック」

「ようやく、辿《たど》り着《つ》けました」

「うん。――ちょっと遅いから、心配していたんだよ」

「すみません」

焦ったように応じたレベックに対し、ネイサンが「いや」と安心させるように言う。

「ま、なんだかんだ、君なら大丈夫だと思っていたし、元気そうでなにより」

「ネイサンこそ」

挨拶《あいさつ》しながら抱擁《ほうよう》を交わした二人は、互いの無事を改めて喜び合う。

ややあって、ネイサンが「で？」と尋ねた。

「その顔だと、収穫があったようだね？」

「はい」

うなずいたレベックが、「なにより」と報告する。

「ハーヴィーさんが以前見つけ損なったとおっしゃっていたラッパ水仙を見つけることができたのと、古い種の野薔薇《のばら》を手に入れることができました」

「すごいじゃないか！」

初めての一人旅でもきちんと成果をあげてきた愛弟子《まなでし》を、ネイサンは頼もしそうに眺める。

「君はもう、一人でも十分やっていけるね」

「ありがとうございます」

認めてもらえたことへの嬉しさが先に立って言ったが、レベックはすぐに「でも」と続けた。

「やっぱり、旅はネイサンと一緒のほうが楽しいです」

「それは、嬉しい限りだね」

ネイサンがまんざらでもなさそうな顔で応じていると――。

「レベックさん！」

一人で散歩に出ていたリッターが戻ってきて、レベックのところに駆け寄ってくる。

「お帰りなさい、レベックさん！　――ご無事で」

「どうも、エドモンドさん」

答えたレベックが、やや驚いた様子で付け足した。

「――って、すごくお元気そうですね？」

「はい。おかげさまで」

実際、フランスで別れた時のリッターは、薬草のおかげでかなり顔色はよくなっていたものの、依然、陰を背負っている印象のほうが強かったのに、今、南の太陽の下で見る彼は、なんとも溌剌《はつらつ》としていて、その体からは若々しい生気が溢れ出ていた。

いったい、彼の身になにがあったのか。

レベックが問うようにネイサンを見やるも、彼は軽く肩をすくめただけで、なにも答えない。

それでも、レベックがいなかった数ヵ月の間に、ネイサンがリッターの心の扉を開き、そこに巣食っていた闇を追いやったのは間違いないだろう。

ネイサン・ブルーとは、そういう人間だ。

そして、明るさを取り戻したリッターは、レベックから見てもとても魅力的な青年で、将来を嘱望《しょくぼう》されていたというのがよくわかった。

再会の興奮が落ち着いたところで、ネイサンが「さて」とその場を取り仕切る。

「つもる話が尽きないのはわかるけど、それは夕食の時にでもゆっくりするとして、今は、ちょっとレベックに内密の話があるから、エディは外してもらえるかな？」

「わかりました」

素直にうなずいたリッターが、その場を離れる。

それを見送ったネイサンが、先ほどまで座っていたテラスのテーブルにつき、レベックにも座るように促した。それから、テーブルの上に広げたままだった手紙の上に片手を置きつつ、「ということで」と切り出す。

「戻って早々悪いけど、レベック」

「なんでしょう？」

「君に行ってもらいたい場所があるんだ」

「行ってもらいたい場所？」

いったいなんのことであるのか。

さっぱりわからずにいるレベックに、ネイサンが「実は」と話し出す。

「書面で、ある方から助けを求められていて」

言いながらトントンと手紙を指で叩いたネイサンが、「いちおう」と続ける。

「僕宛ての手紙ではあるんだけど、内容を読む限り、これは僕よりも君に適した仕事だと思うので、代わりに君を遣《つか》わそうと考えている」

核心に触れないまま命じられたことに対し、レベックはなんの躊躇《ちゅうちょ》もなく応じる。

「もちろん、貴方に行けと言われたら、僕はどこにでも行きますよ」

「ありがとう」

笑ったネイサンが、「心配せずとも」と付け足した。

「本当に、君にうってつけの仕事なんだ。それは、この僕が保証する」

「それは、楽しみです」

やはりよくわからないまま、それでも、ネイサンが言うならそうなのだろうとなんの疑いもなく思うレベックに、「ただ」とネイサンが人さし指をあげて注釈《ちゅうしゃく》をつけた。

「一つ難点があって」

「なんですか？」

問い返すレベックの前で、ティーポットを取り上げて空のカップにお茶を注ぎつつ、ネイサンは続けた。

「もちろん、すべてこちらでお膳立《ぜんだ》てを整えるから、君は君のやるべきことをやればいいだけなんだが、それでも、この仕事を引き受けるにあたり、君には、透明人間になってもらう必要があってね」

「――――は？」

一瞬、自分が聞き間違えたかと思ったレベックが、同じ言葉を繰り返す。

「今、『透明人間』って言いましたか？」

だが、どうやら聞き間違えなどではないらしく、ネイサンは「うん」とうなずいてもう一度言った。

「君には、透明人間になってもらう」

「……はあ」

いったい、どういうことなのか。

困惑するレベックに対し、ネイサンはさも面白がっているかのように微笑んで、さらに詳しい話をしてくれた。

5

霧の都、ロンドン。

産業革命以降、大都会は日々煙突から吐き出される煙が充満し、太陽光が地上に届かないほど大気が汚れてしまった。

空気が淀《よど》めば、人の心も淀む。

そうして覇気《はき》を失った都会には、おそろしい魔物が巣食う。

夜の闇に紛《まぎ》れて蠢《うごめ》く魔物たちは、時として人の形をとり、悪業に手を染めていく。

魔物が人になるのか。

それとも、人が魔物になるのか――。

「……たす……けて」

夜半。

その声は、薄暗い路地に吸い込まれた。じわじわと命の炎が消えていくのを、誰も止めることができない。

やがて、誰に知られることなく、一人の男が絶命した。

地べたに倒れた男を見おろし、彼を死に追いやった人間が仲間を振り返って怒鳴る。

「――おい、何をぐずぐずしている。急げ！」

とたん、そばにいた男たちがわらわらと死体に手をかけて持ち上げ、路地に止めてあった黒い馬車へと運んで行く。

そんな彼らを追い立てながら、殺人者は言った。

「ほらほら、急げ。『お届け物は迅速《じんそく》に』が俺たちのモットーだからな。――それになにより、刻印の主たちは、新鮮さをお求めだ」

そこで、こと切れたばかりの死体を積み込んだ馬車は、「そら、行け！」という号令のもと、ガラガラと車輪の音を立てながら、夜の闇へと消え去った。

第四章　静かな帰還

1

今より時を遡《さかのぼ》った、十九世紀初頭。

ロンドンのはるか西、デボンシャーのはずれあたりに、人知れずひっそりと存在する花盛《はなざか》りの庭があった。

むせ返るほど、花の香りが漂《ただよ》う庭。

月明かりに映《は》える、色とりどりの花々。

季節を問わず花の咲《さ》き誇《ほこ》るその場所を知る人々は、そのことを不思議に思いつつ、畏敬《いけい》の念を込め、花の女神の名前を取って「フローラの庭」と呼んでいた。

また、その館に住む女主人のことを、「レディ・フローラ」の名で呼び慣れ親しんでいたのだが、実際のところ、いったい彼女がどこの誰で、いつ頃からそこに住むようになったのかを正確に知る者はなかった。

ただ、時おり、四頭立て馬車に乗った高貴な者たちが出入りし、さらに、満月の晩に、館が不思議な輝きに満ちるのを、近隣に住む村人たちが何度か目撃していて、それらが密《ひそ》かな噂《うわさ》となって広がっていった。

そんなフローラの庭に、その晩も月がのぼった。今にも落ちて来そうなほど大きな満月である。

さらに、どこかでフクロウの鳴く声がした。

ホウ、ホウ。

しかし、その鳴き声は、盛りの花たちとは対照的にどこか郷愁《きょうしゅう》を誘う、なんとも淋《さみ》しげな声であった。

月下のバルコニーに立ち、その声に耳をそばだてていた麗人が、ややあって言う。

「そろそろ、準備に取りかかってもいい頃ではないかと思うのだが、いかがかな、フローラ殿？」

炎のような美しい赤毛。

清らかに整った顔。

この世の者とは思えないほど幻想的な佇《たたず》まいの麗人は、金茶色に輝く目で隣に立つ貴婦人を見おろし、「それとも」とからかうように付け足した。

「今は、『春の女神オストラ殿』とお呼びするべきか」

「いや」

ゆったりと首を振った貴婦人が続ける。

「今はまだ『レディ・フローラ』として生きているゆえ、人としての通り名で十分。——それより、貴殿の言う通り、そろそろだろう。いにしえの神々の戯《たわむ》れにより魔力でもって花より造《つく》られ、最後はフクロウに魂《たましい》を閉じこめられてしまった花の乙女《おとめ》、ブロダイウェズをその悲しき運命から解放してやるため、われらの力を貸して進ぜよう」

その言葉を受け、背後を振り返った赤毛の麗人が、「ということだが」と尋ねる。

「そなたも、しかと聞いたな？」

「御意《ぎょい》」

そこに控《ひか》えていた男が応《こた》えると、赤毛の麗人が「ならば」と告げた。

「あとのことは頼んだぞ、我が友、ガウェイン」

「心得ております。我が友にして、彼方《かなた》の王国を統《す》べる妖精王ニール様——」

2

時は戻って十九世紀中葉。

晩春の某日のロンドンの波止場《はとば》に、「比類なき公爵家のプラントハンター」であるネイサン・

ブルーが降り立った。

この地を発《た》ってから、およそ半年ぶりのことである。

陽に透ける淡い金の髪。

鮮やかなペパーミントグリーンの瞳。

寸分の狂いもなく整った顔は、相変わらず神話に出てくる英雄のごとく神々《こうごう》しいもので、若き船乗りたちの中には、彼に憧《あこが》れ、一緒に仕事をしたいと願う者も大勢いた。

そんな彼のかたわらには、このところずっと赤毛の青年の姿があり、いつしか羨望《せんぼう》の的となっていたのだが、今回はどうやら違うようで、一緒にいるのはひょろりとした育ちの良さそうな青年であった。

その顔は明るく輝き、未来への希望に満ち溢《あふ》れている。

しかも、通常、帰還に際しては、プラントハンティングの成果としてこれでもかというほどたくさんの荷物がおろされるのに、今回はやけにこぢんまりしている。

そのため、波止場は若干《じゃっかん》ざわついた。

いったい、ネイサン・ブルーの身になにが起きたのか。

今回の彼のミッションとは、なんであったのか。

もちろん、人々の与《あずか》り知らぬことであったが、ネイサンは、従来のように公爵家のプラントハンターとしてはるか遠洋より帰還したわけではなく、ただの付き添いとして、ヨーロッパ各国を周遊してきただけである。付き添った相手は、ブルー家の主治医を務める医師リッターの息子で、外科医を目指すエドモンドだ。

彼は、エジンバラで学んでいる時に恐ろしい体験をし、それが原因で気鬱症《メランコリー》を患《わずら》い、しばらく勉学を離れて静養のための旅に出ることになったのだが、それがようやく回復し、こうして久々に故国イギリスの大地を踏むことができたというわけである。

ネイサンが「エドモンド」の愛称を呼びながら訊《き》く。

「気分は、どうだい、エディ？」

「上々です」

「まあ、たしかに、行きと違って、船酔《よ》いをしたようには見えない」

なかばからかうように言ったネイサンに対し、リッターがひょろりとした身体を縮《ちぢ》こまらせて答える。

「あの時は、本当にすみませんでした。――僕、まわりを気遣《きづか》う余裕もなくて」

「なに、気にしなくていい。それを見越した上での船出だったんだ。――むしろ、この変化を僕は心底喜んでいるし、君のお父上も、きっとお喜びになるだろう」

「はい」

うなずくリッターから周囲に視線を移し、ネイサンはごった返す波止場の景色に視線を走らせた。

「ということで、君のお父上には、今日、船が着く予定であることを知らせておいたから、きっと、そのあたりに迎えの馬車が来ている——」

すると、彼の言葉に被《かぶ》さるように、遠くから二人の名を呼ぶ声がした。

「ブルー様、エドモンド様〜〜〜」

見れば、大通りに停められた四頭立て馬車から走り寄ってくる男がいて、先にリッターが反応する。

「トミー！」

手を振りながら叫び返したリッターが、ネイサンに教える。

「使用人のトムです。——僕の教育係でもありました」

それから、嬉しそうに自分からも相手に走り寄って抱擁《ほうよう》を交わした。

「ただいま、トミー」

「おかえりなさいませ、お坊ちゃま！」

少し身体を離してリッターのことを惚《ほ》れ惚《ぼ》れと見つめたトムが、「それにしても」と感極《かんきわ》まった様子で告げる。

「見違えるほど、お元気そうになられて。——旦那様も奥方様も、さぞかしお喜びになることでしょう」

それに対し、リッターがネイサンを振り返って自慢する。

「それは、すべて、このネイサンのおかげさ。僕の恩人であるのは言わずもがなだけど、さらに人生の師となった人だよ。本当に素晴らしい方で――」

言い募《つの》るリッターを止めるように、トムが畏《かしこ》まって応じる。

「もちろん、存じ上げております」

それから、彼はネイサンに向かって礼を言った。

「ご無事でなによりでございます、ブルー様。そして、この度《たび》のこと、心より御礼申し上げます」

「いえいえ」

ネイサンが、軽く手を振って答えた。

「エディが大げさに言っているだけで、僕はなにもしていませんから。むしろ、彼自身の明るい気質が、本来の自分を取り戻させたのでしょう。僕は、ただ、旅の途中に危険がないよう見守っていただけです」

噂通りの控《ひか》えめな態度に、さらに感銘《かんめい》を受けた様子でトムが言う。

「それでも、やはり、旦那様のご判断は間違っておられませんでした。高名なブルー様に付き添っていただけたことは、リッター家にとって、なによりも幸運だったと思っております。もちろん、後日、旦那様が改めて御礼に伺《うかが》うと思いますが、私からももう一度御礼を申し上げたく存じます。――本当にありがとうございました」

「とんでもない。僕も、聡明な彼と旅ができて、とても楽しかったです」

応じたネイサンに、トムが訊く。

「それで、ブルー様は、このあとハマースミスへお戻りでしょうか?」

尋ねてからすぐ、「よろしければ」と勧めた。

「こちらの馬車でお送りしますので、ぜひ、ご一緒に」

「ああ、いや。それには及びません」

ハマースミスに寄っていたらかなり遠回りになり、リッターが父親のもとに戻るのが遅くなる。

そこで、やんわりと断ったネイサンが続ける。

「帰る前にどうしても寄っておきたい場所があるので、そのへんで辻《つじ》馬車でも拾います」

「さようでございますか?」

真意を問うようなトムの横から、リッターが言う。

「そんな、ネイサン。どこへなりともお送りしますから、ぜひ乗って行ってください」

「ありがとう、エディ。でも、君は一刻も早く戻ったほうがいい。家で、お父上が首を長くして君の帰りを待っているはずだから」

それから、ふたたびトムのほうを向き直り、「本当に」と再度意思を伝えた。

「僕のことは気にせず、行ってください。波止場からなら、目をつぶってでも帰れます」

そうまで言われてしまえば、彼らも諦《あきら》めるしかなく、どこか残念そうなリッターを乗せた馬車が走り去る。

それを見送ったネイサンは、馴染《なじ》みの宿で軽く旅の汚れを落としてから辻馬車を拾い、その足で、市中にある「ハーヴィー&ウェイト商会」に向かった。

3

ネイサンが辻馬車で着いた時、「ハーヴィー&ウェイト商会」の軒先《のきさき》には一台の四頭立て馬車が停まっていて、中にいる人物が店のフットマンとなにやら話し込んでいた。

辻馬車から降りたネイサンは、店に向かいながらチラッと四頭立て馬車のほうを窺《うかが》う。

どうやら、相手は女性らしい。

ただ、帽子の陰になった顔を見ることはできず、さらに、ネイサンの視線に気づくと、相手はサッと身体を引っ込め、すぐに馬車を走らせて去ってしまったので、その正体はわからずじまいだ。

(……なんだ?)

ただの客と思えばそれまでだが、ネイサンはなにか気になった。

理由はない。

強《し》いて言うなら、長らく危険と隣り合わせで生きてきたプラントハンターとしての直感のようなものだろう。

と――。

それまで女性と話していたフットマンが背後のネイサンに気づき、「あ！」と叫んで寄ってきた。

「ブルー様ではありませんか！」

「やあ」

「お戻りになられたんですね？」

「うん。さっき着いたばかりだよ」

気安く応じたネイサンが、店のほうを顎《あご》で示して尋ねる。

「それで、ドニーはいるかな？」

「はい」

「ちょっと話したいことがあって、ハマースミスに戻る前に寄ってみたんだけど」

「お待ちください。すぐに取り次ぎますので」

言い置いて立ち去りかけたフットマンが足を止め、「そういえば」と言って振り返る。

「今日は、レベックさんはご一緒ではないんですね？」

「そうだけど、なぜ？」

「いえ」

そこで、一瞬迷うような素振りを見せたフットマンが、すぐにあとを続けた。

「ブルー様もご覧になられたと思いますが、今しがた走り去った四頭立て馬車に乗っておられたご婦人が、レベックさんのことを色々とお尋ねになられたので、ご本人が一緒ならちょうどよかったのにと思ったんです」

言ったあと、ちょっと口元をほころばせて付け足す。

「まったく、レベックさんも隅《すみ》におけませんね」

それに対し、ネイサンが軽く眉《まゆ》をひそめて尋ねた。

「レベックのことって、いったいなにを訊かれたんだい？」

「それが、なんでも、ちょっと前に、暴漢に襲われたところをこの店に出入りしている赤毛の青年に助けられたそうで、ぜひともお礼がしたいから、どこのどなたかを教えて欲しいと頼まれたんです。——これがまた、なかなかの美人で」

「なるほど」

その女性の言い分はかなり怪《あや》しいと思いながら、ネイサンが訊く。

「それで、君は、教えたのかい？」

「はい。お尋ねの方は、おそらくレベックさんのことで、彼はここの従業員ではなく、名高きプラントハンターであられるネイサン・ブルー様の助手であるとお伝えしました……」

話している途中からネイサンの顔色があまり芳《かんば》しいものではなくなってきたのを悟ったフットマンが、慌てて問いかけた。

「あ、もしかして、教えないほうがよかったですか？」

「いや」

美しい女性から、「助けてもらったお礼がしたいから」などともっともらしい理由をつけて誰かの素性を尋ねられたら、大方の人間はあっさり教えてしまうだろう。

フットマンは、決して悪くない。

問題は、この半年ほどロンドンにいなかったはずのレベックに、いつ、その女性を助けるような時間があったのかということだ。

あるいは、その事件が起きたのが半年以上前のことだったとして、もちろん、レベックが密かに困っている誰かを助けることは十分あり得るが、だとしたら、お礼に来るのがあまりにも遅過ぎる。

いったい、そこに、どんな意図があるのか。

引っかかりつつ、戻ってきたフットマンに言われ、ネイサンは温室のほうへと足を向けた。

ハーヴィーは、そこにいるらしい。

だが、行ってみると、温室にハーヴィーの姿はなく、裏口へと続く広い裏庭の小道のところに立っているのが見えた。しかも、彼は一人ではなく、なんとも真剣な表情で、小汚い恰好《かっこう》の少年たちと話し込んでいた。

その様子からして、おそらく相手は、彼が日頃から情報収拾に使っている陰の情報提供者たちだろう。

ロンドンの街を歩きまわる孤児たちは、その過程で様々なものを見聞きするため、ハーヴィーは、それらの情報を買うことで、その日暮らしをしている彼らに生きるための糧《かて》を与えているのだ。

いわば、もちつもたれつの関係である。

やがて、話を終えたハーヴィーが温室に戻ってくる。

そして、ネイサンの姿を見出《みいだ》すと破顔し、両手を開きながら近づいてきた。

「ネイト！」

「やあ、ハーヴィー！」

そうしてしっかりと抱擁を交わしたあとで、身体を離しながらハーヴィーが言う。

「聞いたよ。波止場から直行してくれたって？」

「うん。——急に来て、悪かったかな？」

「そんなことあるもんか。わかっているだろう」

言いながら、朗らかに笑う。

黒髪に青い瞳。

ネイサンほどの美貌《びぼう》ではないものの、どこかエキゾチックな雰囲気を湛《たた》えた彼は、その笑顔でもって、男女を問わず、大勢の人間を魅了する。

ハーヴィーが「だけど」と言った。

「ハマースミスにも寄らずにここに直行してくれるなんて、嬉しい反面、考えようによっちゃあ、ちょっと不気味だ。なにか魂胆《こんたん》でもあるのか？」

「ないよ」

温室の一角にある商談用のソファーに腰かけ、彼らは使用人が運んできたお茶に手を伸ばしながら、話を続ける。

「ただ、やっぱり、ドニー、君には、きちんと筋を通しておこうと思って」

「筋？」

「ほら、先に手紙でも知らせた通り、せっかく君が雇ってくれたレベックを、こちらの都合で違う用事に遣《つか》わしてしまったから、その分の清算なんかをさ」

「ああ、そんなことか」

つまらないことを聞いたとでも言わんばかりに手をヒラヒラと振ってみせたハーヴィーが、主張する。

「清算なんて必要ない。ちょっと前に、ここにレベックからの荷物が届いて、彼は、俺が前に採取しそこなったラッパ水仙を見事に見つけ出してくれたし、他にも、古い野薔薇《のばら》の珍しい品種からなにから、存分にこちらの満足のいく結果を出してくれた」

「それならよかったけど、だとしても、プラントハンティングの旅程を途中で切り上げたのは事実なのだから、その分の旅費はこちらが払うよ」

ネイサンが申し出ると、ハーヴィーは苦笑し、「まったく、これだから」と少々呆《あき》れたようにいなす。

「いつも思っているが、ネイト、そんなバカ正直で、この世知辛《せちがら》い世の中を渡って行けると思っているのか？」

言ったあとで、「いや」と続けた。

「君の場合、その類《たぐい》まれなる美貌と能力でいかようにも乗り切れると思うが、ふつうは違う。だから、俺は常々《つねづね》、レベックに賢くなれと言っている」

「賢く？」

「ああ」

深くうなずき、ハーヴィーが「つまり」と説明する。

「市井《しせい》に生きる俺たちがうまく世の中を渡っていくには、いかに誠実に少ない労力で大きな報酬《ほうしゅう》を得るかが重要で、節約はその最たる方法だ。そして、もちろん、宿代や食費などの費用を節約するのは言わずもがなだが、そこには時間的な節約も含まれる」

「時間的、ねえ」

戸惑い気味に相槌《あいづち》を打つネイサンに対し、ハーヴィーは得々と「で」と続けた。

「その観点に立って今回の仕事を鑑《かんが》みた場合、レベックは、雇い主である俺が十分満足する成果をあげているのであって、そこにかけた時間が長期であろうが短期であろうが、そんなことは関係ない。彼は、いい仕事をした。それだけだ。──ということで、もし旅費が浮いたのなら、それはレベックが自分で叩き出した余剰分《よじょうぶん》の報酬であるわけで、それを、今回の商取引に関係のないお前が清算するなんて、ちゃんちゃらおかしいだろう」

「なるほど」

理屈は通っているため、ネイサンは納得するしかなかった。

「それなら、今回は君の厚意に甘えることにしよう」

「いや、だから──」

紅茶を飲みかけていたハーヴィーが、人さし指をあげて念を押す。

「厚意ではなく、立派な商取引だと言っている」

「はいはい」

そこで一旦《いったん》沈黙してお茶を味わったあと、ハーヴィーが改めて「ただまあ」と真摯《しんし》に告げた。

「そうは言っても、レベックだって、おそらく君と同じ考えでいるだろう」

「そうだね」

「それを思うと、そもそも、彼に商売人は向いていないんじゃないかって気がするよ。──むしろ、どこでもいいから、薬草園や植物園の管理をしていたほうが、性《しょう》には合っていそうじゃないか?」

「たしかに」

うなずきながら紅茶のカップを置いたネイサンが、続ける。

「僕も、当然そう思っているけど、きちんとした教育を受けていない彼の場合、職はあっても、一生下働きのままという可能性が高い。……まあ、彼自身は、出世などしなくてもまったく気にしないだろうけど、例によって例のごとく、保身ではなく植物のために動こうとする性質を思えば、いつかはどこかで上司とぶつかり、理不尽な扱いを受けることになるかもしれないと危惧《きぐ》しているんだよ」

そのいい例が、今回のウィリアムとの諍《いさか》いだ。

「それは言えているな」

ハーヴィーも賛同したため、ネイサンは「だからさ」と告げた。

「合う、合わないは脇に置いて、今のうちにできる限り色々な経験を積ませ、どんな形ででも生きていけるようにしてやりたいんだ」

「なるほどね」

深くうなずいたハーヴィーが「ただ」と請《う》け合《あ》う。

「だとしたら、お前の理想はほぼ達成したと見ていい。——なにせ、俺の目から見ても、レベックはもう十分独り立《ひとだ》ちできるだけの実力を備えているからな。あとは、具体的なチャンスを待つばかりさ」

「そうだね。それにまあ、僕がうまくどこかの植物園の所長にでも収まることができたら、彼を主任として雇うこともできるわけだし」

さらりとなされた未来予測を聞き逃さず、ハーヴィーが「ということは」と確認する。

「ネイト、お前、そろそろ本気でプラントハンターの看板をおろそうと考えているのか？」

「どうだろう……」

重大な決断をくだそうとしているネイサンは、ひとまず慎重《しんちょう》に答えた。

「ただまあ、想像していたよりはずっと早いけど、正直、こんな状況でもあるし、無理にプラントハンターの仕事に齧《かじ》りつかなくても、道は他にいくらでもあると思っている」

とたん、前のめりになったハーヴィーが訊く。

「ちなみに、すでに具体的な候補がある？」

「――うん」

あっさりうなずいたネイサンが、言う。

「実は、少し前から、幾《いく》つか、それとなく職を打診はされているんだ」

「へえ。――察するに、オックスフォードの植物園か、キューガーデンの所長あたりだろう。それでもって、もし、オックスフォードなら、教授職も提示されているな？」

「さあ、どうだろうね」

そこは言葉を濁《にご》したネイサンに対し、ハーヴィーもそれ以上追及することなく、「なんであれ」と言いながら身体を椅子の背に預けて言った。

「変化というのは、本人たちの意思とは無関係に、必ず起きるものだからな。——あのロンダールだって、ここにきて、ついに具体的な結婚話があがってきているみたいだし」

「そうなんだ？」

意外だったネイサンが、訊く。

「相手は？」

「アーマード伯爵令嬢」

「ああ、あそこか」

納得したあとで、付け足した。

「それは、もし本決まりになれば、久々に盛大な結婚式になりそうだ」

「ああ」

「……だけど、そうか、リアムが結婚ねえ」

些細《ささい》なことがきっかけで音信不通となってしまった親友の急激な変化——。

なんだかんだ、独身生活を一緒に謳歌《おうか》してきたウィリアムの結婚話には、さすがのネイサンも平静ではいられず、淋《さみ》しさを味わうようにつぶやいた。

「まあ、生きている限り、変わらないことなんてなにもないわけで、逆に、だからこそ、人生は面白《おもしろ》いんだろうな」

するとそれを聞いたハーヴィーが、なんとももの思わしげな表情になって、「それは、たしかに、そうなんだが」と気難しげに反論した。

「でも、そんな悠長なことを言っていられるのはごく一部の人間だけで、ロンドンには変化を面白がってなどいられないギリギリの生活をしている人間が大勢いる」

そこで、ハーヴィーに視線を戻したネイサンが、軽く首をかしげて訊いた。

「なんだい、ドニー。君にしては珍しく、妙にシリアスになっているようだけど、なにかあったのか？」

「う〜ん。……あったと言うか、ないと言うか」

歯切れ悪く応じたハーヴィーが、「実は」と切り出した。

「俺のことではないんだが、ちょっとおかしなことが知り合いの、そのまた知り合いの身に起きているようで、長旅で疲れているところを悪いが、ちょっとだけ話を聞いてくれないか？」

「もちろん」

応じたネイサンが、身を乗り出す。

そこで、ハーヴィーが「事の起こりは」と話し出した。

4

ハーヴィーの店を辞し、ようやくハマースミスのブルー邸《てい》に戻ってきたネイサンを、家令兼執事のバーソロミューが慇懃《いんぎん》に迎える。

「おかえりなさいませ、ご主人様」

「やあ、ただいま、バーソロミュー」

上着や荷物を預けながら挨拶したネイサンが、「それで」と続けた。

「留守中、なにか変わったことはなかったかい？」

「特にこれといってございません。平和そのものと言ってよろしかったでしょう」

「それはよかった」

微笑《ほほえ》んだネイサンが、階段をあがりながら訊く。

「それなら、レベックのほうはどうだろう。その後、なにか連絡はあった？」

「ございました。つい今しがた、早馬の使いが参りまして、来週中にはこちらに戻る予定だそうです」

「へえ」

そこで、居間に向かいながら、ネイサンはひとりごちる。

「戻るということは、おそらく、あちらは至って順調ということか。――まあ、レベックならそうだろうし、だからこそ、彼を遣わしたわけだけど」

一人納得し、とある事情で隠密《おんみつ》行動をさせているレベックのことは、それ以上考えないことにする。

その後、久々に自宅で寛《くつろ》ぐネイサンのもとに、大きな盆を持ったバーソロミューが現れ、テーブルに茶器を並べていく。熟練の家令兼執事として、相変わらず一分の隙もない滑《なめ》らかな動作で給仕し終わると、最後に銀の盆の上に積んだ手紙類を差し出しながら告げた。

「急ぎの請求書の類は、ご指示通り、私のほうで開封し、処理を済ませておきました」

「ありがとう。いつも助かるよ」

礼を言ったネイサンは、紅茶を飲みながら、渡された手紙の束《たば》から一つずつ丁寧に取り上げ、中身を確認していく。

その間、バーソロミューは黙って近くに立っていた。

用事を言いつかる可能性があるのもさることながら、ネイサンから少しでも情報を引き出し、いざという時には助けとなれるようにするためだ。できることなら、バーソロミューのほうで開封して読みあげていきたいくらいなのだが、他人に頼らず、できることはすべて自分でこなすのが、ネイサンだ。

おかげで家令兼執事などという、本来ならあり得ない激務もなんなくこなせるわけだが、そうなると、今度はそれではいささか物足りなく思えてくるのだから、人の欲望というのは果てしない。

半分ほど処理したところで、ネイサンが「へえ」と意外そうな声をあげ、手にした封筒をヒラヒラと振ってみせた。

と――。

「懐かしい。ジェレミー叔父さんからだよ」

「たしかに、それは、お懐かしゅうございますね」

バーソロミューの場合、中身こそ見ていないものの、封筒の裏に記された差出人名にはすべて目を通してあるので、その名前は記憶している。だが、だからと言って、そのことを主張するでもなく相手に合わせた会話をするのが、なんとも彼らしい配慮《はいりょ》の仕方であった。

そんなバーソロミューが、手紙を読み始めたネイサンの表情を見て、静かに尋ねる。

「なにか、問題でもございましたか？」

「――ん、いや」

手紙から目を離さず、ネイサンが応じる。

「問題というほどのことではないけど、ちょっと面白いことが書いてあって」

そこで一度言葉を止めたネイサンだったが、バーソロミューが続きを知りたがっているのを感じたのか、手紙を読み終わったところで説明を再開した。

「なんでも、僕の母方の大叔母《おおおば》、ガウェインおじいさんの妹にあたる方だけど」

「エミリー様ですね」

すかさず答えたバーソロミューが、さらに記憶を辿《たど》って付け足した。

「去年の暮れ、ご主人様の外遊中にお亡くなりになられ、そのことを知らせる黒の封蠟《ふうろう》のされた封書を、お泊まりの宿のほうに転送いたしましたのを覚えております」

「うん」

うなずいたネイサンが、「それで」と続ける。

「この手紙によると、その方の遺品整理をしていた時に、ガウェインおじいさんが書いた日誌のようなものが出てきたそうなんだ」

「ほう」

「で、要は、それがどうやらプラントハンティングに関するものであるようなので、僕に引き取る意志があるかどうかを尋ねてきている」

「さようでございましたか」

納得したバーソロミューが言う。

「たしかに、おじいさまであらせられるガウェイン氏がお亡くなりになられた際、プラントハンターとしての遺品や遺産は、あの方の仕事を引き継ぐのを条件に、ほとんどご主人様がお引き取りになられましたし、その日誌も、本来ならご主人様のところにあってしかるべきものとみなされたのでしょうね」

「だと思う」

認めたネイサンに、バーソロミューが訊く。

「それで、ご主人様はいかがなさるおつもりですか？」

必要なら、彼のほうからその返事を書くと言うのだろう。

「そうだな……」

少し考えた末に、ネイサンが答える。

「ここには、『もし必要ないようなら、近いうちにこちらで処分します』と書いてあるので、数日中にあちらに伺っていちおう中身を見てから決めてもいいか、手紙で問い合わせておいてくれないか？」

「かしこまりました」

話がまとまったところで、残りの手紙にザッと目を通したネイサンは、さすがに旅の疲れもあり、いつもよりかなり早めに夕食を食べて床《とこ》についた。

5

翌日。

ロンドン市内にある某侯爵夫人の主催するサロンに顔を出していたウィリアムは、そこで学生時代からの友人であるハーヴィーに呼び止められた。

「ロンダール」

「ああ、ハーヴィー。——君も来ていたのか」

首都ロンドンで開かれるこの手のサロンには、身分を越えた様々な人種が集《つど》う。むしろ、いかに自分のサロンに新進気鋭の芸術家や話題の人物を集められるかが鍵《かぎ》となっていて、女主人の手腕が問われるところであった。

ウィリアムが、続けて訊く。

「もしかして、今日も商売か？」

「違うよ」

否定したハーヴィーが、「そうではなく」と言う。

「あんたを捜していたんだ、ロンダール」

「え、僕？」

キョトンとした表情で、ウィリアムが応じる。

「珍しいな。——というより、気持ち悪いな。いったい、君が僕になんの用だ？」

なにせ、ウィリアムとハーヴィーは、表面上、いちおう学生時代からの友人ということになってはいるが、実際は、それほど仲が良かったわけではない。

ただ、彼らの間には常にネイサン・ブルーという非凡な人間がいて、絶妙な緩衝材《かんしょうざい》として働いてくれていたおかげで、仲間として成立していたのだ。

だが、商家の出身であるハーヴィーは、元来格差社会に楯突《たてつ》きたがるような男で、階級制度の頂点に君臨《くんりん》し、そのことだけでまわりからちやほやされてしまうウィリアムのことを、同じ男としてあまり評価していない部分があった。

ウィリアムのほうでも、そんなハーヴィーのことを敬遠してきたという事情があり、結果、ネイサンのいないところで二人が仲良く交わることはほとんどなかった。

とはいえ、決定的に仲が悪いかといえば、そうでもない。本当に必要と思ったら、互いにタッグを組んで成果をあげることもままあった。

おそらく、両者ともに、あのネイサンが認めている人間であれば、個人的に多少気に食わなくても尊重する価値があると考えているのだろう。

ハーヴィーが、周囲を見まわしながら訊く。

「ちょっと込み入った話なんだが、今、大丈夫か？」

「ああ、まあ」

つられてウィリアムもまわりを見つつ、続ける。

「正直、おしゃべりする以外に、やることなんてないような場所だからな」

そこで、誰かに立ち聞きされるのを避けるために連れだって歩きながら、ハーヴィーが「たしか」と切り出した。

「あんた、この冬から、臨時とはいえ、内々に警察庁長官の地位についているんだろう?」

「そうだけど……」

いぶかしげに応じたウィリアムが、冗談で返す。

「なんだ、昔馴染みのよしみで犯罪を見逃せというのなら、悪いが、お断りだぞ」

「――誰が、そんな」

気を悪くしたように即答したハーヴィーが、「そうではなく」と伝える。

「これは、ちょっと前から俺の情報網に入ってきている話なんだが、このところ、浮浪者や売春婦が行方《ゆくえ》不明になる事件が相次いでいるらしい」

「浮浪者や売春婦?」

眉をひそめて応じたウィリアムが、「それは」といささか愚《おろ》かな疑問を差し挟《はさ》む。

「場所を移して仕事をしているのではなく?」

「違うね」

あっさり断言したハーヴィーが、ウィリアムの愚かさを責めるように若干苛《じゃっかんいら》ついた口調で説明する。

「あちこちに家を持って自由気ままに移動しながら暮らしているあんたたちとは違って、彼らは自分たちの縄張りを守るのに必死なんだ。死活問題だからな。――よって、よほどのことがない限り、住み慣れた場所から移ったりはしないさ」

「なるほど」

「それに——」

言いながらあたりを憚《はばか》るように見まわしたハーヴィーが、わずかに声を低くして続けた。

「どうやら、そこには一定のパターンがあるらしく、彼らの多くは、行方不明になる直前、黒い馬車が迎えに来て、それに乗って行ったきり戻って来ないそうなんだ」

「黒い馬車……？」

たしかに、いささか犯罪の匂《にお》いがする話ではある。

考え込むウィリアムに、ハーヴィーが言う。

「ただ、案の定《じょう》、いくら警察に話しても、彼らが動いてくれる気配はないそうで、そうこうするうちに、ついに俺のところにくる情報提供者の仲間も行方知れずになってしまったため、こうして、俺があんたを捜すことになったってわけだ」

「つまり、なんだ」

ウィリアムが、げんなりとして応じる。

「僕に、その件を調べろと言っているのか？」

「そうだ。——だって、考えてみろよ。浮浪者や売春婦が相手とはいえ、我らが女王陛下のお膝元であるロンドンで、なにか大がかりな犯罪が行われている可能性があるんだぞ。調べてみる価値はあるだろう？」

それに対し、若干面倒くさそうな表情をしたウィリアムが、「だけどなあ」と尻込みした。

「そうは言っても、死体でもあがるか、その人たちが誘拐《ゆうかい》されたという確《かく》たる証拠でもない限り、いかな僕でも、表立っては警察を動かせない」

「はっ」

嘲《あざけ》るように息を吐いたハーヴィーが、「そんな悠長なことを言っていて」と脅《おど》した。

「このまま、犯罪者をつけあがらせる気か。──だが、言っておくが、今は、それこそ、被害に遭《あ》っているのは上流階級のあんたらからしたらゴミのような連中だろうが」

「別に、そんなことは──」

思っていないという言葉を聞く前に、ハーヴィーが「そのうち」と続けた。

「それ以外にも被害者が出る可能性だってある。そうなった場合、あんたは、どうする気だ？」

挑戦的に尋ねたハーヴィーが、「少なくとも」と主張する。

「あんたは、この時点で、すでに卑劣《ひれつ》な犯罪が横行している可能性があることを知らされていたわけで、そのことを俺が公《おおやけ》にしたら、被害の拡大を未然に防げなかった責任を問われることになるぞ」

「──嫌なことを言うな」

「だが、事実だ」

ハーヴィーの指摘に、ウィリアムが肩をすくめて答えた。

「わかったよ。誰も調べないとは言っていない。いちおう内々に調べさせてはみるが、言ったように、まだ大っぴらに捜査することはできないから、君も、そのつもりでいてくれ」

「もちろん」

かなり消極的であるとはいえ、いちおう言質《げんち》を取ったことで気を良くしたハーヴィーが、ここにきて、非常に重要なことをさらりと口にする。

「まあ、安心しろ。丸投げするわけじゃない。こっちはこっちで、ネイトと協力して情報を集めてみるから」

とたん、ウィリアムが目を丸くして訊き返す。

「──今、なんて言った？」

「情報を集めてみるから」

「その前」

「こっちはこっちで」

おそらくわざとであろうが、素知らぬ顔で的を外した答えを返すハーヴィーに苛立った様子のウィリアムが、声を尖《とが》らせて「だから」と言う。

「その前で、そのあとだよ！」

「ああ、『ネイト』ってところか」

ようやく聞きたかった言葉が聞け、ウィリアムが驚きを隠せずに繰り返す。

「ネイトが、いるのか？」

「ああ」

「ロンドンに？」

「そうだよ」

「いつ戻って来たんだ？」

「昨日」

答えたハーヴィーが、「さすがに」と説明する。

「戻ったばかりですぐに動き出せるとは思わないが、正義感の強い彼のことだから、落ち着いたら、いくらでもこの件に協力してくれるだろう。――とはいえ、あんたとネイトは、絶交中のはずだから、協力もなにもないな。つまり、あんたはあんたで、きちんと仕事しろってことだ。頼んだぞ」

そう言って踵《きびす》を返したハーヴィーのうしろ姿を、ウィリアムは複雑な表情で見送った。

6

数日後。

チジックの城にある温室の中を行ったり来たりしながら、ウィリアムが言う。

「なんで、ハーヴィーとなんだ？」

それに答える声がないまま、ウィリアムは続けた。

「国外での冒険ならともかく、ここ大英帝国での冒険は、僕とするのが定石《じょうせき》だった。――それなのに、なんで、今回はハーヴィーなんだ。それに、そもそもなんで、いつまで経《た》っても、ネイトは僕のところに来ない？」

すると、今度はすぐ近くで答えが返る。

「それは、君が彼と絶交しているからだよ」

応じたのは、友人の一人であるケネス・アレクサンダー・シャーリントンだ。

シャーリントン伯爵の次男で大の昆虫好きである彼は、背後で歩きまわるウィリアムのことをではなく、目の前の葉っぱの上を歩く毛虫を見ている。

すると、一度立ち止まってそんなケネスのうしろ姿を睨《にら》んだウィリアムが、再び歩き出しながら言った。

「だからって、僕をのけ者にして、ハーヴィーなんかと悪者退治をする必要がどこにある？」

「それは、知らないけど」

「ああ、なんか、頭にきたぞ。――そんな薄情な奴《ヤツ》とは、金輪際《こんりんざい》絶交だ！」

温室の天井《てんじょう》を見あげながら改めてそう宣言したウィリアムの横で、ケネスが「だからさ」

と冷静に言う。

「もう、君たちは、絶交しているんだってば」

「うるさいな」

唾《つば》を飛ばしそうな勢いで言ったウィリアムが、続ける。

「僕は『金輪際』と言ったんだ。金輪際。――金輪際の意味はわかるな？」

「わかるよ。『ずっと』ってことだよね」

淡々と応じたケネスが「でも」と言う。

「それは随分《ずいぶん》と思い切ったことをするね。――まあ、すでに絶交中でネイサンに宣言はできないだろうから、『金輪際』の件は僕のほうから伝えておくけど」

「余計なことはしなくていい！」

ケネスのほうを見たウィリアムが、「ついでに言うと」と声を尖《とが》らせる。

「僕の温室に毛虫を放すな！」

「え〰〰、ちょっとくらいいいじゃん」

振り返って文句を言うが、ジロリと睨まれ、仕方なさそうに透明な容器の中に毛虫を戻したケネスが、「だいたいさあ」と悔し紛《まぎ》れに助言する。

「そんな風にグダグダ言っているくらいなら、とっととネイサンに謝って仲直りすればいいのに。ネイサンなら、きっと許してくれるから」

とたん、意外そうに目を見開いたウィリアムが、訊き返す。

「謝る？」

「うん」

「僕が？」

「そうだよ」

当たり前のように肯定《こうてい》され、ウィリアムが不機嫌そうな声音になって言う。

「どうして、僕が謝らないといけないんだ？」

「それは、君が悪いから」

「そんなこと、なんで君にわかるんだ、ケネス。君は、僕たちが絶交した理由を知らないだろう？」

「うん、知らないね」

認めたあとで、「でも、だからさ」と説明する。

「君が悪いって結論になるんだよ」

「なんでだ？」

訊き返したあとで、「意味がわからん」と付け足したウィリアムに対し、お茶の準備がされたテーブルに移動しながらケネスが答える。

「だって、もし、ネイサンのほうに非があるなら、君はここぞとばかりにそのことをみんなに吹聴《ふいちょう》してまわるだろう？」

「かもしれないな」

「だから、結果、喧嘩《けんか》の原因はみんなの知るところとなる」

「――なるほど？」

話の帰着が見えずにウィリアムが曖昧《あいまい》な相槌を打つのに対し、「それとは逆に」とケネスは言った。

「君に非がある場合、良識のあるネイサンはその件に関して口をつぐんでいるだろうから、なぜ二人が喧嘩をしたのか誰にも理由がわからない。――つまり、それが、今回のケースに当てはまるってことだよ」

「いや、しかし……」

予想以上に穿《うが》った答えを聞かされ、劣勢を強いられたウィリアムが反論できずに言葉を飲み込む前で、湯気の立つ紅茶を美味《おい》しそうにすすったケネスが、「それともう一つ」と人さし指をあげて言う。

「これまでの経験から言って、万が一にもネイサンに非があった場合、彼は潔《いさぎよ》くすぐに謝って、君との関係を修復しようとするだろうけど、君のほうに非がある時は、君がそのことを棚上げし、ネイサンが折れてくれるのを待とうとする。ゆえに、これだけ喧嘩が長引いているということは、間違いなく、君のほうに非があるってことなんだ。――それくらい、みんな、とっくにわかっている」

「……みんな？」

「少なくとも、君とネイサンのことを知る者なら、百パーセント全員だね」

「……百パーセント全員」

ぐうの音も出なくなったウィリアムを気にするでもなく、ケネスは「ハーヴィーなんかはさ」と教える。だが、それは、今、ウィリアムが一番聞きたくない名前であった。

「もっとずっと穿った見方をしていて」

「奴は、ひねくれ者だからな」

「喧嘩の原因は、絶対に第三者にあると言っていた。——というのも、ネイサンが自分のことでここまで怒るとは考えにくく、もし自分に関することなら、簡単に折れて、君の我儘《わがまま》を通してやろうとするはずだからだって」

「僕の我が儘？」

「そう。——たしかに、考えてみれば、昔から、明らかに怒っていいような状況においても、ネイサンは泰然と君のことを許してきただろう？」

「そうか？」

「そうだよ」

深くうなずいたケネスが、「だって」と言う。

「ふつう、ある人のせいで理不尽にもワニを退治しなければならなくなったら、誰だって、それこそ『金輪際』、その人物との付き合いを止めるよね？」

「……そうかもな」

「でも、ネイサンは違う。彼は、君のせいでワニと対峙《たいじ》することになっても、見事に退治してみせたし、そのあとケロリとしていた。――ニシキヘビの時もね。思えば、そんなことの繰り返しで、今さらなにをすればあの寛大なネイサンを怒らせることができるのか、見当がつかないくらいだよ」

話を聞くうちにどんどんしょんぼりし始めたウィリアムを前にして、ケネスが「だからさ」と追い打ちをかけるように告げる。

「ハーヴィーが言うように、ネイサンは、きっと第三者の名誉を守るとかなんとか、そんなようなことのために怒っているのであって、そうなったら最後、ウィリアム、君のほうから折れない限り、関係修復はあり得ないってことだよ」

「関係修復はあり得ない――」

「そう。それでもって、やっぱりハーヴィーが言うには、今まで君に対して遠慮していたような連中も、ネイサンが半年ぶりにロンドンに戻って来たこのタイミングを逃さず、本格的にネイサン獲得のために動き出すだろうって」

ウィリアムが、慌てたように訊き返す。

「もしかして、ハーヴィー自身、そのつもりなのか？」

「ううん」

ケネスが首を振って否定した。

「僕もそう思って訊いたら、ハーヴィーとしては、当然、ネイサンに仕事を頼みたいけど、正直、『比類なき公爵家のプラントハンター』から一介《いっかい》の種苗業者《ナースリマン》のプラントハンターでは、明らかに格下げだから、頼むわけにはいかないと言っていた」

「まあ、そうだな。当然だ」

ホッとしたように肯定したウィリアムをチラッと非難がましい目で見て、ケネスが「でもさ」と続ける。

「ハーヴィーは、もちろん、ネイサン自身はそんなこと気にも留めていないだろうから、むしろ、頼めば優先的に引き受けてくれるはずだけど、だからこそ、余計、彼の築き上げた名声を落とすような真似はしたくないんだって」

説明したあとで、「彼」とどこか感心したように言う。

「僕なんかにはちょっと冷たいけど、そういうところ、男気があってすごいよね」

「……まあ、そうかもしれない」

どこか敗北感を味わいつつ、ウィリアムは渋々相槌を打つ。

たしかに、話を聞く限り、ハーヴィーは、ネイサンの立場などをよく考慮した上で、どうしたらいいかを模索《もさく》しているようだ。

それに比べ、自分はどうなのか。

ウィリアムは考えて、落ち込んだ。

どう贔屓目《ひいきめ》に見ても、彼のやっていることは、自分の我が儘を通そうとしているだけで、ネイサンの立場など、まったく思慮の外だからだ。

ケネスが、「だけど」と言う。

「ハーヴィーが言うには、心配せずとも、ネイサンにはいくらでもいい就職先があるらしいよ。――あとは、ただ、ネイサンが決心すればいいだけで」

「……ああ、知っている」

ウィリアムは、淋しげに答えた。

ネイサンを巡《めぐ》るさまざまな動きは、ウィリアムの耳にも入っていた。

その筆頭は、オックスフォードだ。

噂によると、あの地ではすでに「麗《うるわ》しきオックスフォードの植物学者」なる謳《うた》い文句を作り、ネイサンを迎える準備に入っているらしい。

他にも、先日、王配殿下《プリンス・コンソート》のアルバート公が、「ネイサン・ブルーに正式に仕事を頼もうと思うのだが、その件について、君はどう思う?」と尋ねてきた。

あれは、ネイサンの人となりを窺うようでいて、その実、ウィリアムの意向を問うていたのだろう。つまり、ネイサンがすでに「比類なき公爵家のプラントハンター」の看板をおろしているかどうかの確認だ。

つまり、状況は、かくも切迫してきている。

絶体絶命の危機だ。

時機を逃せば、本当に、ネイサンとウィリアムの関係は修復できなくなるだろう。

ケネスが、その可能性を口にする。

「真面目《まじめ》な話、ウィリアム。早いところ、謝罪して許してもらわないと、取り返しのつかないことになるよ」

7

チジックの城で、重大、且《か》つ、のっぴきならない岐路《きろ》に立たされたウィリアムが深刻な溜息《ためいき》をついていた日の夕刻――。

ロンドン郊外にあるアーマード伯爵の城では、令嬢であるパトリシアが西側の階段の踊り場に立って、一人、深い溜息をついていた。

ただし、ウィリアムと違い、うら若き乙女の心を占めているのは、愛《いと》しい異性だ。

有り体《ありてい》に言えば、恋煩《こいわずら》いである。

目の前の壁にかけられた肖像画の一つが、そんな彼女の切ない思いを受け止めるかのように静かに微笑み返していた。

陽に透けるオレンジがかった赤い髪。

妖《あや》しく光る金茶色の瞳。

どこか高慢にもとれるその微笑みは、それ以上に高貴で品があり、人々を統べる王者の貫禄を備えたものだ。

「花園のニール」

作者の手でタイトルのつけられた青年の似姿は、幼い頃からパトリシアの心をとらえて放さない。

彼は、彼女の初恋の人だった。

異界の住人として、彼は、彼女の心に住み、いつも夢の中で彼女を愛してくれた。

好きな時に、好きなように――。

そして、今もって、彼女の心を占めている。

だが、絵の中にしかいない彼は、本来、現実にはありうべからざる存在だ。むしろ、だからこそ、こんな風に恋心を燃えあがらせることができるのだろうと思っていた。

しかし、それは大間違いだった。

彼は、現実に存在し、実際に触れることのできる肉体を持って、これまでにないほど強烈な思慕《しぼ》の念を彼女のうちに巻き起こしている。

彼の髪に触れ、その長い腕に抱きしめられたい。

パトリシアは、夜ごと、その思いを募らせた。

そうして、彼の腕に抱かれた瞬間を想像するだけで、夜も眠れなくなるのだ。

(だけど、そもそも、あの方がこの世に存在するなんて)

城の庭で、彼の姿を見た時の衝撃――。

あれは、言葉では言い尽くせないほどの驚きであった。頭が真っ白になり、なにも考えられなくなってしまった。

その後も、自分の見たものが信じられず、しばらくは、きっと夢でも見たのだろうとおのれに言い聞かせた。

だが、色々調べるうちに、肖像画とそっくりの人間が実在することがわかった。

名前は、レベック。

「ニール」ではない。

つまり、肖像画の人物とは別人だ。

でも、顔は瓜二つである。

いったい、どういうことなのか。

しかも、レベックという名の青年は、どこかの花園の主などではなく、「比類なき公爵家のプラントハンター」であるネイサン・ブルーの助手であるということだ。

そのせいかどうか、肖像画ほどの神々しさはなかったが、その分、純粋《じゅんすい》さの塊《かたまり》のような美しさを感じた。

（ああ、レベック様）

彼女は、現実に存在した「花園のニール」にどんどん夢中になっていった。

（ようやく出会えた運命の人――）

ただ、問題は、彼女には現在、ロンダール公爵との結婚話がもちあがっていて、この恋を実らせるのが絶望的であろうということだった。

彼女自身はまったく望んでいない結婚話だ。

だが、相手が相手なだけに、父親は乗り気で、なんとしても話を決めようと躍起《やっき》になっている。

（……本当に、どうしたらいいのかしら）

悩ましげな彼女に対し、その時、背後から声がかけられた。

「パトリシア殿――」

ハッとして彼女が振り返ったところに、黒いマントに身を包んだ一人の男が立っていた。あたかも暗がりから生まれ出てきたかのような異質な空気をまとった男である。

「……ギデオン様」

男は、この城に出入りしている薬剤師のギデオンで、そのままスッと足音を立てずにパトリシアに近づくと、背後の肖像画を顎《あご》で示しながら言う。

「私にはわかりますよ、お嬢様。——貴殿の心は、ある人物でいっぱいなのですね？」

「それは——」

カッと頬を染めて下を向いたパトリシアに、彼は安心させるように告げた。

「ご安心なさい。このことは、誰にも話しません。——それどころか、私なら、貴女に密かに手を貸すこともできるのですよ」

「手を貸す？」

「そうです」

そこで、ギデオンは、手にした小瓶《こびん》を差し出しながら軽く身をかがめ、パトリシアの耳元で誘惑するように囁いた。

「よろしいですか、パトリシア殿。この瓶には、私の調合した媚薬《びやく》が入っております」

「媚薬？」

「ええ。——それでもって、これを溶かしたワインを一口飲めば、愛しい男の心は、たちどころに貴女のことでいっぱいになるのです」

「……本当に？」

「もちろん」

目を見開いて訊き返すパトリシアに、ギデオンがしっかりと請け合う。その声は、しだいに空間に満ち溢れ、パトリシアの脳裏に響きわたるようになっていった。

「ですから、お急ぎなさい、パトリシア殿。結婚が決まってからでは、いかにお二人が両想いになろうとも、それを覆《くつがえ》すのは難しくなる。その前に、これを溶かし込んだワインを彼のもとに届け、飲ませるのです」

「彼のもとに」

「そう。――貴殿ほどの恋心があれば、きっと愛の天使クピドも味方し、成功するはずです」

ギデオンの暗い視線にとらわれた瞬間、その意思を失ったかのように瞳を翳《かげ》らせたパトリシアが、どこか平坦《へいたん》な声になって答えた。

「わかりました、ギデオン様。仰《おお》せの通り、これをレベック様のもとに届け、彼に飲んでもらうようにいたします」

「そうだ。それがいい。頼んだよ、パトリシア――」

最後は、命令するように告げたギデオンが、渡された小瓶を大事そうに手にして去って行くパトリシアのうしろ姿を見送りながら、喉《のど》の奥でクックと笑う。

「偉大なる恋心よ。おかげで、まさに、『赤子の手をひねるように』簡単に事が運びそうだ。

――まったく、恋に狂った女ほど愚かなものはない」

それから、踵を返し、宵闇にその姿を消し去りつつ、彼は続けた。

「『媚薬』と称した、あの液体。――その実、『忘却の河《レテ》』の水を溶けこませたものであり、そのワインを飲めば、いかな解放者といえども、たちどころにその使命を忘れ、ただの男になりさがるだろう。さすれば、長き時間をかけて練り上げた妖精王ニールと女神オストラの策もついえるというもの。はっはあ。愉快極まりない」

最後に、姿なき声が宣言する。

「覚えておくがいい。『女神ダヌの一族《トゥアハ・デ・ダナーン》』の一人、魔術師グイディオンの怒りを買った者は、永遠に呪《のろ》われるべきなのだ。誰にもそれを邪魔させはせぬ――」

ややあって、バサッと羽の音をさせ、暗い空へとカラスが飛び去る。

静まり返った地上では、軒下《のきした》のスズランが、それまでの会話に耳を傾けるように、じっとその葉の中で身を縮こまらせていた。

第五章　雪解け

1

一週間後。

帰国早々、所用で家を空《あ》けていたネイサンが、数日ぶりにハマースミスの家に戻ると、そこには、バーソロミューとともにレベックの姿もあった。

なんとも、数ヵ月ぶりの再会である。

ただ、この家ではバーソロミューの配下にあると自覚しているレベックは、決して出しゃばることはせず、バーソロミューの用事がすべて終わるのを彼の背後でじっと待っていた。

ネイサンのほうでも、その順位を覆《くつがえ》すことはない。

それが、レベックにとって居心地のいい環境を作ることになると認識しているからだ。

「おかえりなさいませ、ご主人様」

「やあ、ただいま、バーソロミュー」

「ジェレミー様は、いかがでしたか？」

「ジェレミー」というのはネイサンの母方の叔父《おじ》のことで、ネイサンが帰国してすぐに家を空けたのは、あちらからの要望に応《こた》えてのことだった。

「そうだね。寄る年波には勝てない感じではあったけど、それなりに元気そうだったよ」

「それは、なによりでございました」

実を言うと、叔父との会見では、かなり衝撃的な事実も判明していたのだが、それについては、まだネイサン自身で考えたい事柄《ことがら》であったため、今はそれ以上のことは言わず、「それで」と続けた。

「悪いんだけど、馬車の中に叔父のところから引き取ってきた荷物が積んであるので、すべて僕の部屋に運んでおいてくれないか」

「かしこまりました」

「あと、このあと、昼食をとりながら、レベックとここしばらくの出来事を少し話し合っておきたいから、彼の分の食事も同じテーブルに用意してくれるとありがたい」

「承知いたしました」

バーソロミューが自分の用事を済ませるために動き出したのを機に、ネイサンはレベックに視線を移す。

「やあ、レベック」

「おかえりなさい、ネイサン」

「君もね。——色々と大変だったろう?」

「いえ」

「とにかく、ご苦労様。食事の時にゆっくり話を聞かせてもらうけど、結論として、あちらの問題は片付いたと思っていいのだろうか?」

「はい。大丈夫です」

「そう。——それなら、よかった」

揺るぎない答えを得て安心したネイサンは、ひとまず旅の埃《ほこり》を落とすために自室に引き上げ、一時間後、改めて昼食の席でレベックと向き合った。

そこで語られた諸々《もろもろ》の出来事——。

「なるほどねえ」

レベックの話を聞き終えたネイサンは、心底納得したようにうなずく。

「やはり、あちらには、君を遣《つか》わして正解だったな。——彼らも、さぞかしホッとしていただろうね?」

「そうかもしれません。少なくとも、とても喜んでくださいました」

「そりゃそうだろう」

笑ったネイサンが、「おかげで」と言う。

「僕も鼻が高いよ」

「ありがとうございます」

「まあ、君にしてみたら、『透明人間』なんかにされて、さぞかし大変だったとは思うけど――」

ネイサンとレベッックが話しているのは、ウィリアムの本拠地であるロンダール・パレスで進行中のある取り組みについてであった。

デボンシャーにあるロンダール・パレスでは、現在、女王陛下の意向を受け、「オオオニバス」という南国の花の育成が行われている。

いわば、国家事業である。

主導しているのは、著名な植物学者であるパクストンで、その成否《せいひ》にはロンダール公爵の面子《めんつ》がかかっていると言っても過言ではない。

ところが、やはり南国の植物の育成においては、湿度管理や温度調整、その他諸々の花の習性のせいでなかなか思うようにはいかず、その取り組みに暗雲が垂れ込め始めてしまった。

危機を察したパクストンは、急遽《きゅうきょ》、南国の植物に詳《くわ》しいネイサンに助けを求めたのだが、いかんせん、ネイサンとウィリアムは絶賛絶交中で、表立って動くことはできない。

それは、パクストンの手紙にも書いてあったことである。

曰《いわ》く、たとえ助けてもらえたとしても、決して公然と言うことはできないが、それでも知恵の一つでいいから拝借《はいしゃく》できないかと――。

もちろん、ネイサンに否《いな》やはない。

ただ、自分が動けば、やはり周囲にもそれが伝わってしまうはずで、考えた末、ネイサンはレベックをロンダール・パレスに遣わした。

一つには、彼のほうが隠密《おんみつ》で動きやすいのと、もう一つは、こちらのほうが重要なのだが、レベックなら、たとえ瀕死《ひんし》の状態であっても、オオオニバスを生き返らせ、無事に咲かせることができると判断してのことである。

当然、ロンダール・パレスの人々も、主人の名誉のためであれば、レベックを極秘に城に匿《かくま》い、まるでそこにいないかのように扱うことに異存はなかった。

それが、レベックを「透明人間」にするという話であった。

そうして、城の主人であるウィリアム以外の人間が一丸となった結果、オオオニバスの復活劇は成功のうちに幕を閉じたというわけだ。

レベックが答える。

「大変なことはまったくなかったです、ネイサン。なにせ、『透明人間』と言っても形ばかりで、城の方々はとても親切にしてくださいましたし」

応じたレベックが、「ネイサンのほうこそ」と訊《き》く。

「あのあと、いかがでしたか。エドモンドさんは、すっかりお元気になられたのでしょうか?」

「そうだね。僕が波止場《はとば》で最後に見た時は、かなり溌剌《はつらつ》としていたよ」

「それなら、よかったです。——まあ、僕が最後にお会いした時もかなりお元気になられていましたが、途中までは、正直、衝動的に自殺してもおかしくないと、内心でひやひやしていましたから」

「そうだったね」

「さすがです、ネイサン」

「別に、僕はなにもしていないさ」

応じたところに手紙を持ったバーソロミューが現れ、二人の会話に割って入る。ふだんの彼ならもう少し様子を見る場面であったが、ご相伴《しょうばん》にあずかっているのがレベックということで、彼もやや気が緩《ゆる》んでいるのだろう。

「ご主人様、よろしいですか?」

「ああ、うん、なに?」

「リッター様より速達が届いております」

「リッター?」

驚いたネイサンが、とっさに訊き返す。

「どっちの?」

つまり、ブルー家の主治医である父親のほうからなのか、先日まで一緒に旅をしていた息子のエドモンドからか。

バーソロミューが、すぐに答える。

「エドモンド様でございます」

「エディか――」

それは、まさに「噂《うわさ》をすれば影」というタイミングの良さであったため、ネイサンはレベックと顔を見合わせながら、速達を受け取った。その場で開封し、ざっと目を通したところで、「へえ」と面白《おもしろ》そうな声をあげる。

「彼は、本当に元気になったようだよ、レベック。それでもって、明日、ユニバーシティ・カレッジで行われる公開手術に急遽助手として立ち合うことになったから、時間があれば、僕たちにもぜひ見に来て欲しいと書いてある」

レベックが、驚いたように訊いた。

「エドモンドさんが、手術をなさるんですか？」

「助手としてだけど、やるみたいだね。――まあ、もともと期待の新人だったようだし、それくらいまで回復したということなんだろう」

「すごいですね」

「うん」

認めたネイサンが、「ただなあ」と憂鬱《ゆううつ》そうに続けた。

「正直、外科手術なんて、決して見ていて楽しいものではないから」

ネイサンの場合、度重《たびかさ》なる航海の間に、何度も自身の手をケガ人の血で染めたことがあり、その悲惨《ひさん》さは身をもって知っている。それだけに、あんなむごたらしいものを、あえて見学しようとする人々の気が知れなかった。

それは、レベックも同じであるはずだ。

幸い、これまでネイサンほど過酷《かこく》な経験はしていないとはいえ、ケガ人は大勢見てきているし、なにより、彼は瀕死のネイサンの姿を見ている。今まで口に出して言われたことはなかったが、その件については、トラウマになっている可能性だってあるのだ。

だから、あまり気は進まないのだが、他ならぬリッターの晴れ舞台ということであれば、見に行かないわけにもいかないだろう。

そこで、ネイサンは、レベックを見て尋ねた。

「君は、どうしたい？」

「そうですね。たしかに、手術の見学は、積極的にしたいというものではありませんが、お元気になられたエドモンドさんにはお会いしたいです」

「そうか」

そこで、彼らは誘いを受け、明日行われる公開外科手術に出向くことにした。

2

「ネイサン、――それに、レベックさん！」

ユニバーシティ・カレッジのうす暗い手術室で二人の姿を見つけたリッターが、人々の輪を抜けて頬を上気させながら走り寄ってくる。ただ、白衣姿のせいか、以前より大人び、成功した社会人のように立派に見えた。

「来てくださったんですね！」

「やあ、エディ」

「こんにちは、エドモンドさん。――ご無沙汰《ぶさた》しています」

レベックの言葉に、リッターが「たしかに」と応じる。

「レベックさんとはあの時以来ですから、本当にお久しぶりですね。――なんというか、その節は、色々とご迷惑をおかけしました」

「いえいえ」

挨拶《あいさつ》しながら、二人は固い握手を交わす。

レベックが続けた。

「それより、見違えるほどお元気そうになられて、僕も嬉しいです」

「ありがとうございます」

そんな彼らを囲む広い手術室の中には階段式の見学席が設《もう》けられていて、そこに大勢の見物人がつめかけている。

当然、高名なプラントハンターであるネイサンのことを知る人間も混じっていて、一介《いっかい》の助手でしかないリッターが彼ととても親しげに挨拶を交わしているのを、不思議がる様子も見受けられた。

だが、ネイサンにとってなにより厄介《やっかい》だったのは、今日の主役であるブラックウッド医師のそばに、ウィリアムの姿があることだった。どうやら、彼も彼の付き合いから、この場に来ざるを得なかったらしい。

予期せぬニアミスだ。

その顔がやたらと仏頂面《ぶっちょうづら》であるのは、これが意に染まぬ外出であったからなのか。

それとも、偶然居合わせたネイサンのためか。

ウィリアムに気づいたレベックが、ネイサンの袖《そで》を引いて注意をうながした。

「ネイサン、ウィリアム様が——」

「うん、わかっている」

ネイサンは、この場に入ってきた時からウィリアムがいることに気づいていたが、ひとまず知らぬ振りを通すことにしたのだ。

そこで、遠くにいるウィリアムから近くのリッターに視線を移し「それより、エディ」と告げる。

「今日の手術だけど、レベックは、僕が瀕死の重傷を負ったのを間近で見ていて、ちょっとトラウマになっている可能性があるから、悪いけど、立ち合わせないことにするよ」

「ああ、もちろんですとも」

心配そうにレベックのほうを窺《うかが》ったエドモンドは、ネイサンに対しても気をまわして言う。

「僕、助手に抜擢《ばってき》されて有頂天になったあまり、なにも考えずにお呼び立てしてしまいましたが、もし、気が進まないようでしたら、ネイサンも無理に見学なさらないでください。――人によっては、気分を悪くすることもあるので」

「そうだね、ありがとう」

礼を述べたあとで、ネイサンが「でも」と優しく伝える。

「僕は大丈夫。むしろ、せっかく君がこうして晴れ舞台に立つのだから、じっくり見学させてもらうことにするよ」

「それは、嬉しい限りです。ありがとうございます。――こんな栄誉に与《あずか》れるのも、すべてネイサンのおかげですし、恩返しの意味も込めて立派に助手を務めてみせます」

「うん。楽しみにしている」

そこで、その場に残ったネイサンと一旦《いったん》別々になったレベックは、公開外科手術が終わるま

で、一人でそのへんを散策することにした。

やはり、手術など鑑賞に値《あたい》するものではなかったし、ネイサンが危惧《きぐ》した通り、きっと、見ているうちに、血だらけで息も絶え絶えになっていた瀕死のネイサンの姿を思い出してしまうだろう。

あの時の恐怖心――。

レベックは、これまで誰にも話していなかったが、あれからしばらくは悪夢に苛《さいな》まれ続《つづ》けた。渦中《かちゅう》にある間はあまりに必死でなんともなかったのだが、ネイサンの容体が落ち着き、これでもうひと安心と思えるようになった頃に、突如《とつじょ》、それは訪れた。

夜、眠れなくなったのだ。

なんとか眠っても、夢に血だらけのネイサンが出てきて助けを求める。

薬草を煎《せん》じて飲み、今まで以上に植物に触れるようにすることで、いつしか安眠できるようになっていったが、やはり、当時を彷彿《ほうふつ》とさせる血なまぐさい出来事とは、できるだけ距離を置いておきたい。

そこで、花壇《かだん》や軒下《のきした》に咲く花々に心を癒《い》やされながら歩いていたレベックは、その時、ハッとして足を止めた。

どこからか、鈴の音が聞こえたように思えたのだ。

（鈴……？）

あたりを見まわしながら考えたレベックは、頭に残る印象を追いかけ、「いや、違う」と思い直す。

(鈴ではない)

それほどはっきりとした音ではなかった。

むしろ、鈴の音に似た、なにかが震えた時に出すような音であったはずだ。

それが、風に溶け込んで彼の耳に届いた。

(だけど、いったいなにが——?)

答えは、彼のすぐそばにあった。

レベックは、校舎脇の花壇の端にひっそりと咲くスズランを見つけて、つぶやく。

「ああ、そうか、君たちか——」

そこで近くによってしゃがみ込み、その花に触りながら続ける。

「君たちは、もう咲き始めているんだね」

緑の葉に隠れるようにして咲く、白い可憐《かれん》な花。

「谷間の百合」とも「五月の花」とも呼ばれるスズランは、まるで小さな鈴を連ねたようななんとも可愛《かわい》らしい花を咲かせていた。

開花しているのを確認したレベックは、くすんだ空に目を移し、「だとしたら」とあることに想いを馳《は》せる。

「あっちの準備も急がないといけないな——」

それは、第三者が聞いてもさっぱりわからないことであったが、幸い、聞いている人間はいない。

ただ、それからすぐに、校舎を出てきたと思われる人々の話し声がどんどん近づいてきた。

「……やってやろう」

「ああ」

「ターゲットは、あいつだな」

どうやら数人で話しているらしく、彼らはレベックのそばを通り過ぎながらしゃべり続けた。

「ブラックウッド先生と話していた、あいつ？」

「そう」

「どこかの公爵だとかって、言っていたな」

「へえ。道理で、偉《えら》そうにしていたわけだ」

「というより、不機嫌極まりないって顔だった」

「きっと、こんな下賤《げせん》な場所にはいたくなかったんだろう」

「ああいうのを血だらけにすれば、すっきりする」

「たしかに。——幸い、護衛もいないようだったし」

「よし、今回の血染めのターゲットは、あの高慢ちきなロンダール公爵だ」

気炎をあげながら角を曲がって消えた彼らを見送ったレベックは、蒼白な顔で立ちあがると、たった今耳にしたことを知らせるために、ネイサンのもとへと全速力で走って行った。

3

同じ頃。

公開外科手術が終了し、人々が会場を出て行く中、このあと開かれる昼食会に呼ばれているウィリアムは、関係者に引きとめられてその場に残ったまま、ずっとうわの空でいた。

本日の主役であるブラックウッド医師が手術の感想や、どこで聞きつけたのか、浮浪者や売春婦が行方《ゆくえ》不明になっている事件について、ウィリアムが捜査の指揮《しき》を取っていることなどを色々と尋ねていたようだが、どれもいい加減な受け答えしかできなかった。

そもそも、目の前で行われた手術のことなど、一切覚えていないくらいだ。

それはそれでラッキーなことで、見ていれば、また気分が悪くなって退席する羽目になっただろう。だが、ウィリアムの頭は別のことでいっぱいで、他にはなにも考えられなくなっていた。

代わりに彼の頭を占めていたのは、もちろん、ネイサンのことである。

それは、手術が始まる直前、彼のそばにいた青年が急に声をあげ、パッと人の輪を抜けたのが始まりだった。
あの時――。

「ネイサン！」

その名前に反応したウィリアムは、とっさに駆け出した青年のうしろ姿を目で追い、彼の向かう先に、優雅に佇《たたず》むネイサンの姿を見出《みいだ》した。

輝くような金の髪。

宝石のようなペパーミントグリーンの瞳。

すらりとして優美な立ち姿は、相も変わらず美しく、一年近くに及ぶブランクが一瞬にして消し飛ぶような神々しさであった。

とっさに息を呑《の》んだウィリアムに対し、ネイサンはすぐに視線を逸《そ》らして、彼のかたわらに寄った青年と親しげに話し始める。

それが、ウィリアムは気に食わない。

なんで、視線を逸らすのか。

なぜ、挨拶に来ないのか。

（君は、僕のプラントハンターだぞ！）

そう主張したいのに、できない自分がいる。

本来、ネイサンの隣にいて親しく話すのは自分であるはずなのに、なぜかそうはならず、レベックや名前もわからないような青年が番犬のようにじゃれついている。

そこで、ウィリアムは近くにいた男にそれとなく尋ねた。

「あそこでネイサン・ブルーと話している青年は、誰だ？」

「——ブルー様ですか？　ええっと、あれは」

言いながら、ネイサンのほうを見た男が、「ああ」と納得したように応じる。

「エドモンド・リッターですよ」

「知らない名前だな」

「外科医見習いですからね」

当然のごとく応じた相手に、「そのわりに」とウィリアムが皮肉げな口調で応じた。

「高名なプラントハンターと、やけに親しげだが」

とたん、男は、ネイサンとウィリアムの確執に思い至ったのか、若干《じゃっかん》ドキマギした様子で答えた。

「あ、えっと、私もよくは存じませんが、リッターは最近まで気鬱症《メランコリー》を患《わずら》って外科修行の道を外れていて、聞いた話では、その治療を兼ねて気晴らしの外遊に同行したのが、ブルー様だったようです」

「ああ、なるほど。——彼が例の」

以来、今に至るまで、ウィリアムはそのことを考え続けている。

つまり、あの青年こそ、ウィリアムが悶々《もんもん》としていたこの一年近く、ほぼずっとネイサンと一緒にいるという僥倖《ぎょうこう》を得ていた当人というわけである。

そのことに苛つくと同時に、ウィリアムは本気で焦《あせ》りを覚え始めた。

ウィリアムの時間はあの時で止まっているのに、ネイサンの時間は着実に動いていて、このままでは完全に追いつけなくなる気がしたからだ。

(やはり、なんとかしなくては――)

それには、どうしたって、ウィリアムが謝るしかないのだろう。ケネスが指摘していた通り、今回の件では、ネイサンのほうから折れることは永遠にないと思われる。それくらいなら、とっくに折れているはずだ。

だが、それならそれで、どうやって謝ればいいのか。

謝りたくても、すでにきっかけすらつかめなくなっている自分がいて、ウィリアムは悩んだ。

(事情を知っているケネスに、仲介を頼むか)

とはいえ、彼が間に入ったらまとまるものもまとまらなくなる気がしたウィリアムは、すぐにその考えを打ち消した。

(奴は駄目だ。奴には、毛虫の気持ちはわかっても、人間の心の機微《きび》はわからない)

では、どうするか。

（いっそ、ハーヴィーに頼むか）

彼なら、そつなくすべてのお膳立《ぜんだ》てを整え、見事に二人を和解させてくれるだろう。

今回の件で、これ以上の適任者はいそうにない。

が、しかし――。

ネイサンとのことで彼に借りを作るのは、ウィリアムの自尊心が許さない。

（それに、奴のことだから、うまくまとめた暁《あかつき》には、ことあるごとに、そのことを恩着せがましく吹聴《ふいちょう》するだろうし）

それは、やはり避けたい事態だ。

（でも、だとしたら、どうすればいい？）

振り出しに戻って考えていたウィリアムは、ある人物の顔を思い浮かべた。

控《ひか》えめでありながら、厄介ごとを解決するのに非常に長《た》けた人物――。

（そうだ、バーソロミュー）

ブルー家の有能な家令兼執事ならすべての事情に通じているはずだから、きっと二人の関係を修復するのに手を貸してくれた上で、その後も、例の慇懃《いんぎん》さで素知らぬ顔を通してくれるに違いない。

（つまり、頼むとしたら、バーソロミュー以外にない！）

そう考え、早速、今日にでも、ウィリアム自身の家令であるベンジャミン・グリーンウッドを通じてバーソロミューに相談を持ちかけようと決心した時だ——。

「ぎゃあああ！」

彼のすぐ近くで悲鳴があがり、ウィリアムはパッと身構えながら声のしたほうを向く。

ふだんから護衛を連れ歩かない彼は、人前に出る時は常にまわりに神経を張《は》り巡《めぐ》らせているのだが、あまりにもの思いに浸《ひた》り過《す》ぎていたせいで、それが疎《おろそ》かになり、すっかり無防備になっていたらしい。

もし、今、襲われたら、間違いなく殺されていただろう。

そして、実際、ぼんやりしている彼に近づく不届き者がいたようで、ウィリアムが振り返ったところには、人相があまりよくない青年と、その青年の腕をねじりあげているネイサンの勇ましい姿があった。

悲鳴をあげたのは青年のほうで、ネイサンがつかんでいる手首の先には、血みどろのなにかが握られている。しかも、そこからは異様な悪臭——おそらく腐臭だ——が漂っていた。

「なんだ？」

わけがわからずにつぶやいたウィリアムの前で、ブルブルと震える青年の手からつかんでいたものが床に落下し、べチャッと音をたてて潰《つぶ》れた。

そこから、さらに悪臭が広がる。

とっさに鼻を押さえたウィリアムが、相変わらずわけがわからないまま、誰にともなく訊く。

「——これは、いったいなにごとだ？」

それに対し、大学側の関係者が、「公爵様《アワー・ロード》！」と叫びながら血相を変えて飛んできた。

「申し訳ございません、公爵様。お怪我《けが》はありませんか？」

「ああ、見ての通り、僕に被害はないが……」

戸惑いながら答えたウィリアムに、相手が説明する。

「どうやら、うちのバカな学生たちが、悪趣味な悪戯《いたずら》をしかけようとしたみたいで」

「……悪戯？」

眉をひそめるウィリアムのそばで、青年の腕を離したネイサンが、なんとも気の抜けた様子で「なんだ、そうか」と納得した。

「悪戯ね。——僕はてっきり、大胆にも公爵の命を狙《ねら》う不届き者が紛《まぎ》れ込《こ》んでいたのかと思ったよ」

とたん、大学側の関係者が「滅相《めっそう》もない」と否定する。

「公爵様に対してそんな大それたことをしでかす無法者は、この大学にはおりません。——ただ、外科には、血気盛んな荒くれ者が揃《そろ》っているのは事実で、時おり、度胸試しと称してこうした悪戯をしかけては、居酒屋で自分たちの武勇伝を自慢し合うのですよ。ちなみに、これは、解剖《かいぼう》で切除した臓器の一部でございまして、こういうものを公爵様のような身分の高い方のポケットに忍ばせて、相手が慌てふためくのを眺めるという、本当に悪質な悪戯です」

床の上で潰れているものを指しての言葉に、ウィリアムが気味悪そうにうなずいた。

「なるほど。そういうことか」

「本当に、なんと謝罪したらいいのかわかりませんが、未来ある者たちであれば、なにとぞ、若気の至りと思《おぼ》し召《め》して平《ひら》にご容赦《ようしゃ》を」

たしかに、あまり褒《ほ》められた話ではないが、別段ウィリアムにケガを負わせようとしたわけではなく、臓器をポケットに潜《ひそ》ませて脅《おど》かそうというただの悪戯だ。

もちろん、相手が公爵ともなれば、本来ならただで済む話ではない。人によっては、とんでもない罪に問うこともあるだろう。

ただ、若いころの度を越した悪行は、なんだかんだ、ウィリアムも覚えがないわけではなく、なにより、彼には今、そんな些末《さまつ》な悪戯以上に大事なことがあったため、大学側の関係者と学生には気もそぞろに応対した。

「もういい。こうしてことなきを得たわけだし、今回の件は不問に付《ふ》すから、行ってくれ」

「本当によろしいので？」

「ああ」

「ありがとうございます！」

胸を撫《な》で下《お》ろした大学側の関係者は、ウィリアムの気が変わらないうちにと、学生たちを追いたてるようにしてそそくさとその場を立ち去った。

あとには、ネイサンとその背後に控《ひか》えるレベックとウィリアムの三人だけが残される。

その場に落ちた気まずい沈黙を蹴散《けち》らすように、すぐさまウィリアムが口早に尋ねた。

「僕を助けてくれたんだな、ネイト？」

「そうだね」

認めたネイサンが、軽く肩をすくめて「というのも」と続ける。

「レベックが、学生たちの会話の一端を耳にして、その際、君のことを『血だらけにする』というような話をしているのが聞こえたということで、君の身を案じて、慌てて僕に知らせに来てくれたんだ」

「……レベックが」

どこか感慨《かんがい》深くつぶやくウィリアムを前に、ネイサンが「ただ」と言う。

「ことの真偽《しんぎ》を確認しようにも、その時には、もう彼らの一人が君に近づくところだったから、それが悪戯とはわからないまま力ずくで阻止《そし》することになった」

「そうだったのか」

納得したウィリアムが、感謝の言葉を口にする。

「ありがとう、ネイト」

「礼には及ばない。——相手が君でなくても、僕たちはそうしただろうから」

そこで、あっさり踵《きびす》を返しかけたネイサンを見て、ウィリアムが慌てて引きとめる。

「あ、待ってくれ、ネイト」

今を逃したら、ウィリアムは一生ネイサンとの関係を修復できないと思い、必死で言葉を繋《つな》いだ。

これは、神が彼に与えてくれた最後のチャンスだ。そういう意味では、あの悪戯をしかけた学生は、神の使徒と言えるだろう。

足を止めたネイサンに向かい、ウィリアムはずっと言えずにいた言葉を告げる。

「僕が悪かった」

すると、ウィリアムのほうを振り返ったネイサンが、軽く目を細めて応じた。

「リアム。謝罪してくれるのは嬉しいけど、必要なのは、僕に対してではなく、あの時、君が理不尽に傷つけたレベックに対してだ」

「もちろん、わかっているが――」

ウィリアムが言いかけて口をつぐむと、それまで黙って二人のやり取りを見守っていたレベックが、耐えきれなくなったように叫んだ。

「ネイサン、もう止《や》めましょう。謝罪なら、今、僕もしっかり聞きましたから――！」

「レベック？」

驚いたようにレベックに視線を移したネイサンに対し、レベックは、彼らしくない大胆さでさらにまくしたてる。

「本当です。僕も、きちんとウィリアム様の謝罪の言葉を聞きました。あれは、僕に対してのものであると、僕にはわかりました。――だから、もうそうやってウィリアム様を責めるのは止めてください。喧嘩《けんか》なんてしないでください。仲の良いお二人に戻ってください。お願いです！」

そこに込められた悲痛な願い――。

この一年近く、レベックを庇《かば》って仲違《なかたが》いする結果となったネイサンとウィリアムを見ていて、原因を作ってしまった彼自身がどれほど辛《つら》い思いをしていたか。

それが、痛いほどわかる場面であった。

ゆえに、ネイサンも、自分が少々意地になり、レベックの置かれた複雑な立場に目を向けていなかったことを猛省する。これ以上、ウィリアムと仲違いを続けることは、ただレベックを苦しめるだけで、なんの利益もない。

そう悟って、ウィリアムの謝罪を受け入れようとした時だ。

スッとレベックの前に移動したウィリアムが、彼と正面から向き合って謝罪の言葉を口にした。

「レベック。あの時は、理由も聞かずに君を排除するようなことを言って、本当に申し訳なかった。――浅はかな僕を許してくれるか？」

びっくりしたレベックが、大慌てで答える。

「もちろんです。ウィリアム様。というより、僕がウィリアム様にご迷惑をおかけしたことは事実ですし、怒られて当然のことをしたと思っています。──だから、謝りたかったのは僕のほうで、本当にすみませんでした」

「いや、そういった釈明《しゃくめい》や謝罪の機会すら与えようとしなかったのは僕であり、ネイトが怒って当然のことをしたんだ。だから、本当に悪かった」

ウィリアムの言葉に、レベックが嬉しそうに「それなら」と訊く。

「お二人は、仲直りをなさるんですね？」

「それは、僕ではなく、ネイトが決めることだから──」

言いながら振り返ったウィリアムに対し、ネイサンが右手を差し出しながら応じる。

「もちろん、僕が望んだ通りの謝罪をしてくれたんだ、仲直りをしないわけがない。──ありがとう、リアム。すごく嬉しいよ」

「──いや」

差し出されたネイサンの手を大切そうに握り返しながら、ウィリアムは「むしろ」と続けた。

「レベックに謝ったことで、僕の中でずっともやもやしていたものがすっきりしたし、これが正しいことなのだとよくわかった。──まったく、こんな簡単なことにこれほど時間をかけるなんて、僕はなんと愚《おろ》かだったんだろうとしみじみ思うよ」

「そんなことないさ」

互いに握手を抱擁《ほうよう》に変えながら、ネイサンが言う。

「僕が知る身分の高い人間の中で、君のように振る舞える者は他に見たことがない。――そして、だからこそ、僕は、君のことを誇《ほこ》らしく思うし、命に代えても守りたいと願うんだ」

そこで、身体を離したネイサンを見て、ウィリアムが訊く。

「それなら、これからは、また僕と一緒に行動してくれるんだな？」

「ああ」

「ハーヴィーとではなく？」

「……ハーヴィー？」

唐突にあがった名前に首をかしげたネイサンが、「なんで」ととっさに訊き返す。

「ここで、ドニーの名前が出てくるんだ？」

「それは」

ウィリアムがどこかふて腐れた口調で説明する。

「浮浪者や売春婦が行方不明になっている件を、彼が君と調査するって得意げに話していたから――」

「ああ」

思い至ったネイサンが、ふっと皮肉げに笑って答えた。

「たしかに、その件は彼から聞いたし、時間ができたら調査して欲しいと頼まれたけど、あくまでも、僕一人で、だよ」

「――そうなのか？」

意外そうに目を見開いたウィリアムが、「だけど」といぶかしげに続ける。

「彼は、たしかに、君と一緒にって……」

「それは、たぶん、からかわれたんだな」

「からかわれた？」

「うん」

そこで、肩をすくめたネイサンが、「近々新店舗を増やすことにしたらしいドニーは」と続ける。

「今や僕なんかと一緒に冒険なんてしているほど、ヒマ人じゃない。だから、僕一人に調査を依頼したんだ。もちろん、費用は向こうが負担するという条件で」

「なんだ、そうか」

てっきり、ネイサンがハーヴィーと新たな冒険に出ると思っていたウィリアムはホッとしたように応じてから、「まったく」とすぐに怒りに切り替えて言う。

「本当に、ハーヴィーは人が悪い」

「そうかもしれないけど、ただ、もしかしたら、からかったのは、彼なりのエールだったのかもしれないよ」

「エール？」

疑わしげに繰り返すウィリアムに、ネイサンが説明する。

「きっと、ドニーがそう言えば、君が焦って僕と仲直りしようとすると計算した上で、言ったんだろう」

「つまり、僕はまんまと彼の口車に乗せられた？」

「まあね」

気の毒そうに認めたネイサンが、「でも」と言う。

「結果、君と僕はこうして仲直りできたのだから、ドニーさまさまと言えなくもない。――もちろん、ただの親切心と言うよりは、僕と君が仲直りすれば、彼が望む調査の手も進むと踏んでのことだろうけど」

ハーヴィーの人となりをしっかりとつかんでいるネイサンの洞察《どうさつ》を聞き、ウィリアムが「ほらみろ」と恨《うら》みがましい口調でのたまう。

「だから、僕がいつも言っているだろう。あいつは油断がならないんだ。小賢《こざか》しいというかなんというか」

「まあ、そうでなければ、一代であそこまで店を大きくはできないだろうし」

あっさり認めたネイサンが、「で」と訊く。

「リアム。ハーヴィーに対して色々と文句のありそうな君としては、僕と一緒であっても、彼に頼まれた調査をするのは気が進まないとか?」

「まさか」

口を尖《とが》らせながら、ウィリアムは言い切る。

「悔しいが、進むに決まっているだろう」

それから表情を和《やわ》らげ、「ということで」となんともはしゃいだ声で宣言する。

「おかえり、ネイト。これで、黄金のコンビが復活だな」

「そうだね。——ただいま、リアム」

そうして、ともに過ごす時間を取り戻した二人のことを、レベックが嬉しそうに眺めていた。

4

ネイサンと積もる話のあったウィリアムは、招かれていた昼食会を直前で断り、ハマースミスのブルー邸《てい》に腰を落ち着けることにした。

公爵家の四頭立て馬車に乗って家に戻ったネイサンは、迎えに出て来た家令兼執事のバーソロミューに驚く暇《ひま》も与えず、どんなものでもいいからウィリアムと二人分の食事を用意できるかと尋ねた。

すると、彼は、一瞬だけ困った顔をしたものの、すぐに見事なまでの慇懃さでもって頭をさげる。

「かしこまりました」

それから、改めてウィリアムに向かって挨拶した。

「ようこそおいでくださいました、ロンダール公爵《ロード・ロンダール》様。――ウィリアム様」

親しげな呼び名を付け足したのは、彼なりの感動の表現であったのだろう。

ウィリアムが、バーソロミューの肩を叩いて応じる。

「やあ、久々に邪魔をするよ、バーソロミュー」

それから、バーソロミューの悩みを軽減するため、「さっき」と続けた。

「向こうを出る前にチジックに早馬を出しておいたから、おっつけ、ここに、塩《しお》漬《づ》け肉やミートパイや果物、他にもきっとケーキ類などが届くと思う。できたら、それも、昼食の足しにしてくれ。――実を言うと、気分が良くて、僕はいつにないほどお腹がすいているんだ」

「承知いたしました、公爵様」

「そうだな。たぶん、チジックの城は僕からの伝言ですっかりお祝い気分になるだろうから、君たちの分もあるくらいは届くはずだ。だから、そっちはそっちで、せいぜい豪勢にやってくれ」

「それは、ありがとうございます、公爵様」

そこで、まずは、バーソロミューが用意した食前酒とドライフルーツなど、軽いものを口にしながら、ネイサンとウィリアムは話し始める。

もともとネイサンが航海に出た時などは一年以上の間があくこともしばしばであるため、今回のブランクも、なんだかんだあっという間になかったかのような親しさになっていた。

「――ああ、そう言えば、リアム。君、アーマード伯爵令嬢と結婚するんだって？」

疑問形で言いつつ、ネイサンはお祝いを述べる。

「おめでとう」

だが、つまらなそうに肩をすくめたウィリアムは、あっさりそれを否定する。

「しないよ」

「え、でも、話は着実に進んでいるんじゃないのか？」

「アーマード伯爵とうちの母は、かなり乗り気で進めたがっているけど、その気のない娘を娶《めと》るほど、僕はまだ落ちぶれちゃいない」

ネイサンが、ドライフルーツを口に運びながら訊き返す。

「ということは、アーマード伯爵令嬢には、誰か他に想い人がいる？」

「間違いない」

認めたウィリアムが、「しかも」とどこか複雑そうな表情になって言う。

「その相手というのが、なかなか厄介な人間で、僕が、今、君に一番したい話がそれなんだよ」

「へえ？」

興味ぶかそうに相槌《あいづち》を打ったネイサンからあたりに視線を移し、「ところで」とウィリアムが訊く。

「レベックは、近くにいないよな？」

「そうだね。一緒に戻ったあと、おそらくすぐに庭に出たと思うけど、必要なら呼ぼうか？」

「いや、いい」

そこで深刻そうに顎《あご》に手をやって考え込んだウィリアムが、「実は」と語り出す。

「今から話すことは、もしかしたらだけど、レベックの出自と関係するかもしれないんでね」

「――レベックの？」

眉をひそめて訊き返したネイサンを前に、ウィリアムが「だがまあ」と一旦話を引っ込める。

「まずは、順を追って話そう。――事の起こりは、僕が母に騙《だま》されて、アーマード伯爵の城で行われた娘の誕生日パーティーに行ったことだった」

その時、ウィリアムはただの代理のつもりで出向いたが、実際はといえば、それは彼とアーマード伯爵令嬢のお見合いを兼ねたパーティーだったのだ。

話の合間に苦笑するネイサンに対し、ウィリアムが「正確に言うと」と注釈《ちゅうしゃく》を挟《はさ》む。

「僕を含め、候補者は他にも大勢いたんだが、まあ身分その他の条件から、僕が筆頭候補であったのは間違いない」

「そうだろうね」

「ただ、言ったように、初めて見た瞬間から、彼女がこの話に乗り気でないのはわかったし、正直、僕のタイプでもなかったから、すぐに理由をつけて戦線離脱した。それで、退屈しのぎに城の中を散策していたら、ある肖像画に出会ったんだ」

「肖像画？」

「そう。『花園のニール』と題された肖像画で、アーマード伯爵令嬢の話では、それは彼女の大伯母であるエレインが描いたということだった」

「……『花園のニール』？」

繰り返したネイサンに、ウィリアムが「ただ、僕が」と続ける。

「なにより驚いたのは、その『花園のニール』と題された肖像画に描かれた人物というのが、レベックに瓜二つだったことなんだよ」

「——なんだって⁉」

ネイサンが、驚いて訊き返す。

「レベックに瓜二つ？」

「ああ。雰囲気こそ違うが、あの少々時代錯誤的《さくごてき》な衣裳《いしょう》を着せ替えて表情をもっと穏やかなものに変えたら、あれはもうレベックそのものだった」

「だけど、それっていったい——」

どういうことなのか。

衝撃を受けて考え込んだネイサンを見て、ウィリアムも納得して応じる。

「君が呆然《ぼうぜん》とするのも無理はない。僕も、心底驚いた。――それで、この冬、僕は、肖像画を描いたエレインという女性を訪ねてみることにしたんだ」

「え？」

顔をあげたネイサンが、意外そうに尋ねる。

「――彼女、生きているのか？」

「ああ。幸いにも、デボンシャーにあるホスピスに入っていたから、会って話すことができた。そこで、これまた、ものすごい事実が判明したんだ」

「へえ。――どんな？」

興味を覚えたネイサンが訊き返した時、バーソロミューが新たにたくさんの料理を運び込んで来たので、一旦、会話は中断する。

ただ、早く話を続けたかった二人は、ワインなどを給仕しようとするバーソロミューを遮《さえぎ》り、ここは勝手にやるから、彼にも階下でみんなと食事をするように勧めた。

本来なら喜ぶべき場面であったが、バーソロミューとしては彼らの会話を聞いておきたかったらしく、若干残念そうに部屋を辞す。

豪勢な食事とともに残された二人は、どちらも遠慮なく料理に手をつけつつ会話を再開する。

「まず」と、ワイングラスを手にしたウィリアムが言う。

「エレインは、僕の大叔父である第四代ロンダール公爵と同じ時期に、例の『フローラの庭』に出入りしていた一人であることがわかった」

「なるほどね」

「フローラの庭」というのは、デボンシャーにあるウィリアムの本拠地ロンダール・パレスから馬を飛ばして一時間ほどの場所にあった屋敷の庭のことで、そこにはかつて、この世の楽園と言って差し支えないほどたくさんの花が咲き誇ったという。

そして、廃墟《はいきょ》となってしまったあととはいえ、伝説のチューリップを巡る冒険で、ネイサンとウィリアムも、以前、その場所を訪れたことがあった。

ネイサンが、「ということは」と続ける。

「当然、僕の祖父であるガウェインとも知り合いだったということか」

「うん」

うなずいたウィリアムが、「それで」と応じる。

「彼女が言うには、あの屋敷には、密《ひそ》かに『ニール』という名の妖精王が住んでいて、滅多《めった》に会うことはないが、あの庭を管理していた『レディ・フローラ』は、彼の愛人だったそうなんだ」

「妖精王――?」

感慨深くつぶやいたネイサンを見て、ウィリアムが「たしかに」と勝手に納得して言う。

「とんでもなく荒唐無稽《こうとうむけい》な話だとは思うが、エレイン曰く、彼女は実際に月夜の庭で何度か彼の姿を見たことがあり、それを絵にしたのが、その『花園のニール』と題された肖像画であるそうなんだ」

「ふうん」

「となると、妖精王云々《うんぬん》の是非《ぜひ》はともかく、かつてあの屋敷には、僕たちが――おそらく、第四代ロンダール公爵も知らなかったと思うが――把握《はあく》していなかった謎《なぞ》の人物がいたことは間違いないようで、しかも、そいつは、こともあろうに、レベックにそっくりときている。つまり、当然、そいつがレベックの父親ということになるのだろう」

説明を終えたウィリアムが、「ちなみに」と付け足した。

「エレインから話を聞いたあと、僕は、念の為《ため》、あちこちに照会してみたんだが、以前、僕が君に話した『前々王が摂政《せっしょう》皇太子時代に関わったある種の職業の女性を、永遠の沈黙と引き換えに、人里離れた辺境の館に追いやった』というのは、あの屋敷のことではなかった」

「へえ」

相槌を打ったネイサンが、「つまり」と確認する。

「少なくとも、レベックは王室関係者の血縁ではなく、かつまた、レベックの母親であるかもしれない『レディ・フローラ』の正体は、いまだ謎のままと言うわけだな？」

「ああ」

うなずいたウィリアムに対し、ネイサンはすぐに「ただまあ」と記憶を呼び起こしながら言う。

「『レディ・フローラ』について、彼女が妖精王の愛人だったというのは、僕たちが訪ねた時、地元の女性も言っていたくらいだから、君はさっきから『とんでもなく荒唐無稽』と言っているようだけど、僕は、その可能性があってもおかしくないと考えている」

ネイサンが思い出した事柄に対し、ウィリアムが首をかしげて訊き返す。

「地元の女性？」

「うん」

「そんな話、していたっけ？」

「していたよ」

「覚えてないな」

「だろうね。――君、その手のメルヘンチックな話はあまり好きではないようだから、脳が無意識のうちに記憶から排除するようになっているんだろう」

そう言って笑ったネイサンが、「でも」と真面目《まじめ》な口調に戻って言う。

「僕が、そのいかにも荒唐無稽と言えそうな話を支持する理由は別にあって……、実を言うと、『ニール』と呼ばれる妖精の存在については、僕のほうでも耳新しい話があるからなんだ」

「へえ？」

柔らかな白パンをちぎりながら興味深そうに相槌を打ったウィリアムに向かい、ネイサンが「というのも」と少々悩ましげに説明する。

「先日、僕は母方の叔父から連絡を受け、ちょっと前に亡くなった大叔母の遺品の中にあった祖父の――例の第四代ロンダール公爵と親しかったガウェインのことだけど――日誌を貰《もら》い受《う》けに行ったんだ」

「ガウェインの日誌？」

「そう。その日誌自体は、まだ全部に目を通したわけではないからなんとも言えないが、それを受け取りに行った際、久々に会った叔父から聞かされた話が衝撃的でね」

「衝撃的？」

「うん。――なんでも、祖父は、小さい頃、神隠しに遭《あ》っているそうなんだ」

「か――」

言葉と同時にワインを吹き出しそうになって慌てたウィリアムが、まずはグラスを置き、口元をナプキンで拭《ぬぐ》いながら訊き返す。

「神隠しだって――？」

「びっくりだろう？」

苦笑したネイサンが、「でもね」と続ける。

「実は、それって母方の親戚《しんせき》の間では結構有名な話だったみたいで、むしろ、僕が知らなかったことに、叔父などは驚いていた」

「ふうん」

なんとも複雑そうに応じたウィリアムが、「それなら」と問いかける。

「ガウェインは、どうやって神隠しに遭ったって？」

「叔父の話だと、祖父は、七歳の誕生日に庭から消え、一年後の誕生日にひょっこり戻ってきたそうなんだ。その際、祖父自身は、ほんのちょっと遊んでいる時間が長過ぎたくらいの感覚でいたらしく、泣いて喜ぶ両親に対し、庭で『ニール』という名前の子どもと友達になり、彼の城に遊びに行って一緒に遊んでいたら遅くなってしまったと告げたらしい」

「――――ニール！」

出てきた名前に驚き、ウィリアムが「つまり」と確認する。

「ガウェインは、幼い頃に『ニール』という名の妖精と友人になり、成人したあとも、同じ名を持つ妖精王が密《ひそ》かに住んでいたか、あるいは訪れていたと思われる『フローラの庭』のある屋敷に出入りしていたというわけか」

「そうなるね」

ネイサンが認め、「ちなみに」と続ける。

「幼い頃、祖父が住んでいたのは、その屋敷の近くだったそうだから、連れて行かれた城というのも、同じ屋敷であった可能性は高い」

「なるほど」

うなずいたウィリアムが、少し考えてから推測する。

「そこまであの屋敷に関わる人間と親しかったとなると、ガウェインは、レベックの出自がどういうものであるかも知っていた可能性がある。――いや、あるいは、レベック誕生の秘密に関わっていた可能性もあるな」

「たしかに」

認めたネイサンが、ペパーミントグリーンの瞳を翳《かげ》らせながら言う。

「そのあたり、祖父の日誌に、なにか書いてあればいいんだけどな」

「ああ」

うなずいたウィリアムが、「でないと、今のところ」と冗談っぽく告げた。

「レベックの正体は妖精王の隠し子だったという、まさにおとぎ話か民間伝承でしか語られないようなものになってしまうわけだから」

「『妖精王の隠し子』、ねえ……」

案外、それはそれで結構納得がいくと、ネイサンが密かに考え始めた時だ。

居間の扉をノックする音がして、すぐにバーソロミューが姿を現した。

「失礼いたします、ご主人様、公爵様」

「ああ、なんだい？」

「今、警察署のほうから『大至急』ということで、階下に使いの者が参っておりまして、ロンダール公爵様に今すぐお目通り願いたいと申しているのですが、いかがいたしましょう？」

「警察署？」

意外そうに繰り返したウィリアムが、それでもナプキンを取って口元を拭《ふ》くと、「わかった」と応じて立ちあがり、使者に会うために階段をおりて行く。

ネイサンが、それに続いた。

「あ、公爵様《アワー・ロード》！」

ウィリアムの姿を見て叫んだ官憲が、次いで言いかける。

「お休み中のところを申し訳ありませんが、実は――」

だが、背後のネイサンを見て躊躇《ちゅうちょ》するように言葉を止めたため、ウィリアムが手を振って先を促した。

「ネイトのことは気にしなくていい。――それより、報告を」

「は」

受け入れつつ、もう一度ネイサンのほうに戸惑いの視線を投げた官憲が、それでも「それが」と話し出す。

「閣下《かっか》に仰《おお》せつかり、浮浪者の恰好《かっこう》をして内密に事件の調査にあたっていた例の新入りの巡査が、先ほど、テムズ川のほとりで死体となって発見されたため、なにを置いても、閣下にご報告をと思いまして――」

「なんだって⁉」

表情を一変させたウィリアムが、悲壮《ひそう》な声で確認する。

「――彼が、死んだ？」

5

問題の死体は、テムズ川にかかる橋の下で見つかった。

川べりを歩いて現場まで向かうウィリアムの姿を、周辺の捜索にあたっていた大勢の警察官が見送る。

「……だけど、なんで？」

歩きながら、ウィリアムが誰にともなく問う。

「どうして、彼が死ななければならなかった？」

そんなウィリアムを痛ましげに見つめ、ネイサンが「その新人は」と尋ねた。

「君の指示で動いていたのか？」

「――ああ」

「ドニーに頼まれた件で?」

「そうだ」

認めたウィリアムが、「奴に言われて」と半分放心状態のまま説明し始める。

「その地区の警察署に出向いて状況を確認した際、近隣を根城としている浮浪者や売春婦の窮《きゅう》状《じょう》にとても心を砕《くだ》いている正義感の強い熱心な新人がいて、自分が浮浪者に扮《ふん》して情報を集めると申し出たので、頼んだんだ。——もちろん、まずは状況を知りたいだけだから、決して無理はせず、彼らのことをよく観察し、おかしなことがあれば深追いせずに報告をすればいいと強く念を押した上でね」

「ああ、わかるよ」

認めたネイサンが、「でも」と残念そうに言う。

「若者というのは、時として、わかっていても、つい行き過ぎた行動に出てしまうことがあるから」

「——そうなのだろうか?」

現場に辿《たど》り着《つ》いたウィリアムが、横たわる遺体に視線を落としながら言う。

「彼は一線を越え、そのために殺されたのか?」

「わからない」

「なんであれ、僕は犯人を許さない！　絶対につかまえて絞首刑《こうしゅけい》にしてやる!!」

憤《いきどお》りながら遺体のそばに跪《ひざまず》くウィリアムの横で、かがみ込むように一緒に遺体を検分していたネイサンが、ふと額の部分に目をとめて険《けわ》しい表情になった。

ほぼ同時に、同じ場所に目をやったウィリアムが、「なんだ?」とつぶやき、そばにいた官憲に拡大鏡を貸すように右手の人さし指をクイクイと何度も折り曲げて見せる。

「額の部分になにかあるぞ……」

そんなことをブツブツ言いながら、渡された拡大鏡越しに覗き込むウィリアムの背後では、ネイサンが、険しい表情のまま先にその答えを予測する。

「旧ソブリン金貨――」

「たしかに、そうだ」

拡大鏡で確認したウィリアムが、驚いた表情でネイサンを振り返る。

「だが、なんでわかった、ネイト⁉」

「それは、エジンバラで、同じような刻印のある死体を解剖しかけ、だけど、途中でその死体が生き返ったという恐怖体験をした青年の話を聞いたことがあるからだ」

それは、他でもない、気鬱症《メランコリー》になってしまった青年リッターの告白だ。

「死体が、生き返った?」

「ああ」

認めたネイサンが、「ただ」と考え込みながら疑問を投げかける。

「僕は、ずっと引っかかっていたんだ」

「引っかかっていた？」

「そう。解剖にまわされた死体が、なぜ生き返ったりするのかってね。――いくら、エジンバラでは死体の盗掘が盛んだからといって、息を吹き返すほど真新しい死体を掘り起こすなんてことがあるのか？」

「まあ、絶対にないとは言い切れないが、言われてみれば、たしかにちょっとおかしい」

しかも、額には、これと同じ思わせぶりな刻印がされていたというのだ。

そこで、「よし」と言って立ちあがったウィリアムは、拡大鏡を持ち主に戻したあと、ネイサンに向かって言う。

「それなら、僕たちの調査はそこから始めよう」

「つまり、エジンバラに行くってことか？」

「ああ」

認めたウィリアムが、宣言する。

「惜しくも失われた若き命のために、僕はエジンバラだろうがどこだろうが出向いていって、なんとしてもこの事件の犯人の手掛かりをつかんでやるぞ」

第六章　解放者レベック

1

「ロンダール公爵が、エジンバラに向かっただと⁉」

配下の人間がもたらした情報に、ブラックウッドは飛びあがって驚いた。

「だが、いったいなぜ――？」

自家の小さな薬草園の中を行ったり来たりしながら、ブラックウッドは苛立《いらだ》ちを募《つの》らせる。

「あの男、先日、探りを入れた時は、ほとんど興味のなさそうな顔をしていたというのに、なぜ、ここに来て急にエジンバラに向かったと言うんだ。しかも、例のプラントハンターと一緒というのも気にくわない」

あのコンビは要注意だ。

聞いたところでは、これまでにも、二人で数々の難事件を解決し、首都ロンドンの治安を守ってきたという。

ただ、少し前に、仲違《なかたが》いしたという噂《うわさ》通り、先日、二人が同じ場所で遭遇《そうぐう》した時は、彼が見る限り、かなりよそよそしい感じであった。

もっとも、そのあと、ウィリアムが昼食会を急遽《きゅうきょ》欠席した事実を思えば、確執が消えて、ふたたび親しい関係に戻ったということなのだろう。

だが、そうなると、かなり厄介《やっかい》だ。

「……ひとまず、あの公爵殿には、表舞台から消えていただく必要があるな」

つぶやいたブラックウッドが顔をあげ、花壇《かだん》で咲《さ》き誇《ほこ》るスズランを見おろして言った。

「ということで、お前たち、出番だぞ」

そんなブラックウッドの背後には、他にも水きりされ、花瓶に活《い》けられた大量のスズランが覗《のぞ》いている。

彼が放った不吉な言葉を吸い込んだスズランたちは、吹き過ぎる風の中で、なにかを囁《ささや》き合《あ》うように一斉《いっせい》にその小さくて可憐《かれん》な花を震わせた。

それらのほのかな震えは花壇のスズランから隣の家の軒下《のきした》に咲くスズランへ、さらにその隣の家のスズランへと風に乗って伝わっていき、やがてはそこら中のスズランが一斉に白い花を震わせ始めた。

市中に轟《とどろ》くスズランのざわめき。

だが、忙《せわ》しなく行き交う人々の耳には届かず、ただ茫洋《ぼうよう》とした時間が過ぎ去るだけだった。

2

明け方。

ハマースミスにあるブルー邸《てい》で目覚めたレベックは、不思議そうに首をかしげたあと、ベッドを出て窓辺に立ち、白々とし始めた庭を見おろした。

(スズランたちが、騒がしい……?)

市中のスズランが、一斉にざわめく気配。

これは、なんの警告か――。

そのざわめきに煽《あお》られるように、なんとも落ち着かない気持ちになったレベックは、着替えを済ませて庭に出た。

夏の風が吹き抜けるこの季節、日の出は早く、日の入りは遅い。

ゆえに、明るくはなっていても、まだ屋敷全体が目覚める時間ではなくあたりはしんと静まり返っていて、その静寂と澄んだ朝の大気に触れているだけで、自然と高揚《こうよう》した気持ちが和《やわ》らいでいく。

庭いじりの道具を持って庭の奥へとやって来た彼は、オークとエニシダと西洋ナツユキソウが並ぶ禁断のエリアに足を踏み入れる。

そこは、レベックを自由にさせてくれているネイサンから唯一、手を加えるのを禁じられている場所であったが、レベックは、故《ゆえ》あって、勝手にスズランを加えてしまった。大陸を旅行中に手に入れたスズランだ。

植え替える前に、できることなら、ネイサンに相談したかったが、このところ、頻繁《ひんぱん》に屋敷を空《あ》け、やけに忙しそうにしているネイサンとゆっくり話す機会は得られず、そうこうするうちに時間だけが刻々と迫って来たため、ひとまず植え替えてしまうしかなかったのだ。

(このタイミングだけは逃せないから……)

ネイサンなら、きっとわかってくれるはずだ。

そう信じて、レベックが花の手入れをしていると、吹き過ぎた風に手元のスズランが揺らいだ。

その震えの中に見え隠れしたメッセージ――。

ハッとして手を止めたレベックが、続きを読み取ろうと、真剣な面持《おもも》ちで手の下で震えるスズランを見つめる。そうして長らく同じ体勢でいたレベックが、ややあって「そうか」とつぶやいた。

「それは、教えてくれてどうもありがとう」

それから顔をあげ、思案するようにさらにつぶやく。

「ただ、そうなると、こんな時だというのに、なんだか、色々とややこしいことになるかもしれないぞ」

と——。

そんな彼の背後で足音がして、振り返ると、そこに、朝の散歩に出てきたらしいバーソロミューの姿があった。

慌てて立ちあがったレベックが、挨拶《あいさつ》する。

「おはようございます、バーソロミューさん」

それに対し、少し驚いたように身体を揺らしたバーソロミューが、こちらを見て応じる。

「やあ、レベック、おはよう」

それから、首を傾けて訊《き》く。

「こんなに早くから、庭いじりか？」

「はい」

「相変わらず、働き者だな」

言いながら近づいてきたバーソロミューだったが、レベックが立っている場所の足元を見たとたん、その顔が歪《ゆが》み、「レベック！」と厳しい口調になって告げた。

「お前、なんてことを！　この場所だけは決して触れてはならないと、ご主人様から聞いていなかったのか？」

「この場所」というのは、レベックの背後にあるオークとエニシダと西洋ナツユキソウからなるエリアで、「――あ」と声をもらしたレベックが申し訳なさそうに応じる。

「聞いていました」

「――では、なぜ⁉」

勝手に手を加えたりしたのか。

驚きと失望を隠せずに訊き返したバーソロミューに、レベックは神妙に答える。

「どうしても必要だからです」

「そうだとしても、せめて、ご主人様に相談なりなんなりするべきだろう？　――ここは、お前の庭ではなく、ご主人様の庭なんだから」

「――はい」

ひやりとすることを言われ、レベックが縮《ちぢ》こまる。

「そうなんですが、相談しようと思った矢先に、ご主人様が家を空けられてしまい、でも、お帰りをお待ちしていたら間に合わなくなると思ったので――」

「間に合わなくなる？」

いぶかしげに繰り返したバーソロミューが、当然、尋ねる。

「なにに？」

「それは、この場所がある意味を実現するのに、です」

「この場所がある意味を実現する？」

なんとも抽象的《ちゅうしょうてき》な返答に、バーソロミューが眉をひそめて言い返す。

「よくわからないが、いくらご主人様の寵愛を受けているからといって、分をわきまえない行為は、お前のためにならないというのはわかっているな？」

「はい、わかっています、バーソロミューさん。――最悪、ここを追い出されるのも覚悟の上です」

潔《いさぎよ》いくらいきっぱりと言い切ったレベックに、後悔の念は見られない。そこに彼なりの決意を感じ取ったらしいバーソロミューが、小さく溜息《ためいき》をついてから「それなら」と問いかける。

「お前のしていることは、ご主人様に対し、決して恩を仇《あだ》で返すような行為ではないと誓《ちか》えるか？」

「もちろん、誓えます」

「嘘偽《いつわ》りなく？」

「神に誓って――」

「ならば、結構」

バーソロミューは納得し、続ける。

「このことは、ご主人様の判断に委《ゆだ》ねるとしよう。――ということで、お戻りになるまでは、いつも通りにしていなさい」

つまり、家令兼執事としては、不問に付《ふ》すということだ。

ホッとしたレベックが、心の底から礼を言う。

「ありがとうございます、バーソロミューさん」

そこで、踵《きびす》を返しかけたバーソロミューが「ああ、そうだ」と言って振り返る。

「昨日、お前宛てにワインが届いていたようなんだが、手違いでワイン蔵に貯蔵するケースに入ってしまっていてね。——私がそれだけ抜いて台所のテーブルの上に置いておいたので、あとで寄って持っていくといい」

「ああ。覚えはないか？」

「僕宛てにワイン……ですか？」

「……はあ」

なんとも心許《こころもと》なげに応じるレベックに、バーソロミューが説明を加える。

「使いの者の話では、アーマード伯爵令嬢が、お前に助けられた礼ということで寄こしたそうだよ。——まあ、わかっていると思うが、アーマード伯爵令嬢といえば、今、ロンダール公爵との結婚話が進んでいて、やがては、私たちとも多少のご縁ができるかもしれないお方だからな。関わりを持ったのなら持ったで、くれぐれも失礼のないようにするんだぞ？」

「……はい」

うなずいたものの、バーソロミューが去ったあと、その場に残されたレベックは、一人首をかしげてしまう。

（――助けられた？）

だが、ワインを贈られるほどの人助けなど、ここ最近、した覚えがない。

いったい、これはどういうことか。

もしかしたら、人違いではないのか？

考え込むレベックの背後では、手入れをされたばかりのスズランが、風にそよぎ、ふたたびその可憐な花を震わせる。

声なき声――。

とたん、ハッとして振り返ったレベックは、誰もなにも言っていない空間で、確認するように訊き返す。

「――媚薬《びやく》？」

それから、さらに、スズランを見つめながらしばらく独り言《ひとりごと》を繰り返す。

「違う？　本当はそうではない。――え、それって、どういうこと？　いったい、なにを忘れてしまうって？　レテ？　河の名前？　……う〜ん、わからない」

断片的なメッセージ。

相変わらず、花々から送られてくる情報は一方的でわかりにくいものであったが、ある瞬間から、そこになにか大きな力でも働き始めたのか、考え込むレベックの頭の中で、しだいに鮮明なイメージが形作られて行く。

もしや、このスズランを見つけた時に出逢ったフローラの助けでも働いているのか。あるいは、この花を守護するという春の女神オストラの力か――。

なんであれ、しばらくスズランを見おろしながら佇《たたず》んでいたレベックは、ややあって顔をあげると、遠くを見つめながらつぶやいた。

「――なるほど。それはまたなんとも、複雑な」

3

その日の午後。

エジンバラから戻る列車の個室で向かい合ったネイサンとウィリアムは、窓の外を飛ぶように過ぎ去る田舎の景色には目もくれず、真剣な面持ちで話し込んでいた。

ウィリアムが、重々しく言う。

「実に、おぞましい話だよ」

「たしかに」

認めたネイサンが、続ける。

「僕も、聞いていて胸が悪くなった。あらかじめ、リッターから『十二シリングの会』については情報を得ていたけど、それが高じて、あんな身の毛もよだつような結社が作られていたなんて――」

ネイサンが「リッター」と言ったのは、大陸をともに旅したエドモンド・リッターのことで、本人を前にした時は親しく「エディ」と呼んでいたが、今はウィリアムとの話題の中であげているため、名字の「リッター」で話している。

ちなみに、「十二シリングの会」というのは、最初、エジンバラの医学界で人知れず結成された、死体斡旋《あっせん》のための秘密結社で、今ではロンドンにまで範囲が広がっている。

その背景には、解剖用《かいぼうよう》の遺体が常時不足しているという社会事情が挙げられ、外科医や外科見習いたちは、技術向上のための遺体欲しさに、ついには墓荒らしと手を組み、十二シリングを払って解剖用の遺体を手に入れるようになったのだ。

背に腹は代えられないという苦渋の選択である。

ただ、理解できないのは――。

ウィリアムが、深くうなずいて言う。

「『ソブリン同盟』か。――あの若い巡査の死体の額に古いソブリン金貨の刻印があったのは、そのためだったんだな」

「うん」

視線を落とし、やるせない表情になってネイサンが応じる。

「望み通りの死体を手に入れるために、まさか殺人まで犯すとは――。世も末だな」

「本当だよ」

げっそりと相槌《あいづち》を打ったウィリアムが、「しかも」と続ける。

「犯行がばれないよう、浮浪者や売春婦など、警察が重い腰をあげにくい社会の底辺で暮らす人々を狙《ねら》ったというのだから卑劣《ひれつ》極まりない。――自分たちのことを『掃除屋』と称していたそうだからな」

「つまり、ドニーの言ったことは正しかったというわけだ」

「まあ、そうだな」

ウィリアムが、渋々といった様子でうなずく。

おそらく認めるのが悔しいのだろうが、独自に仕入れた情報から早々に犯罪の匂いを嗅ぎつけたハーヴィーが二人に捜査依頼をしていなければ、ロンドンにおける連続殺人事件は、いまだ闇に埋もれたままであったはずだ。

かように、彼らが現在話しているのは、エジンバラで聞き込みをしてわかった、過去の連続殺人事件のことである。

「ソブリン同盟」という、「十二シリングの会」に輪をかけて極秘扱いにされていたその結社では、なんと、「蛇」と呼ばれる人間がならず者たちを金で雇い、殺人を犯させることで、出資者たちの望む死体を手に入れていたのだ。

どうせ苦労して手に入れるなら、腐り果てた死体などではなく、まだ血の乾いていない新鮮な死体が欲しいと願うようになった結果であった。

ある意味、向上心のなれの果てではあるのだが、人の命を助けるために努力していたはずの医学生や医師が、自分たちの目的のために、生きている者の命を奪ってもいいと考えるようになるなんて、いったいどこで道を誤ったのか——。

ウィリアムのそんな疑問に対し、ネイサンが「いや」と異論を述べた。

「違うだろうな」

「違う……というのは？」

「二年前に検挙されたのは、実際に殺人を犯していた末端のならず者たちで、彼らは、絞首刑《こうしゅけい》になる前に『ソブリン同盟』のことを白状し、そのシステムが明らかになったわけだろう？」

「ああ」

「ただ、肝心《かんじん》の、『ソブリン同盟』の一員として、実際に金を出して彼らに罪を犯させていたのが誰であるかは、わからずじまいということだった」

「たしかに」

うなずいたウィリアムが、「ならず者たちは」と話を整理する。

「黒い馬車に乗ってやってくる身分の高い人間の指示で、殺した死体をその黒い馬車に運んでいただけで、死体が最終的に誰のもとに運ばれたのか、あるいは、その黒い馬車に乗ってやってくる人間が誰であるのかは、わからずじまいということだったからな。——まあ、間違いなく、捜査に手心が加えられたんだろう」

「うん」

うなずいたネイサンが「つまり」と要約する。

「『ソブリン同盟』に加盟していたのは、それなりに権力を持つ人間であり、高い志《こころざし》で外科の道に入ったというよりは、おのれの力を誇示《こじ》するのが目的であった可能性が高い」

「う〜ん」

唸《うな》ったウィリアムが、残念そうに続けた。

「たしかに、そういう奴らは、本当に浮浪者や売春婦など虫けら同然と思っているからな。——殺したところで罪悪感などないし、むしろ、まさに『掃除屋』として街をきれいにしてやっているくらいの気持ちでいたってことだ」

それから、首をゆるゆると振って言う。

「おそらく、僕のまわりにも大勢いるんだろうが、正直、許せん奴らだよ」

「ああ」

深く同調したネイサンが、「そして、その結果」とペパーミントグリーンの瞳を光らせた。

「首謀者《しゅぼうしゃ》は逃げおおせ、二年経《た》った現在、場所をロンドンに移して、ふたたび活動し始めたんだ」

「ふん」

ウィリアムが憤慨《ふんがい》して宣言する。

「見くびられたものだな。——まあ、エジンバラあたりならそんな理不尽もまかり通るのだろうが、女王陛下のお膝元であるロンドンでは、そう簡単にはいかないというのを思い知らせてやる」

「ああ、期待しているよ」

言葉だけでなく、ネイサンは本当に期待していた。

少なくとも、相手は絶対に怒らせてはいけない人間を怒らせたのであり、ウィリアムは、おのれが病や凶弾《きょうだん》に倒れたりしない限り、犯人追究の手を緩《ゆる》めることはないはずだ。そして、ネイサンがロンドンにいる間は、病や災害など人智の及ばないものならともかく、他者が彼を害するようなことだけは、絶対に許すつもりはなかった。

ネイサンがウィリアムを守り、ウィリアムが、ロンダール公爵という絶対的権力でもって世の悪事を暴く。

ネイサンがそんなことを思って決意を新たにしていると、ウィリアムが、「それはそれとして」と話題を振った。

「君が付き添いをした青年——、えっと、なんて言う名前だったかな」

「リッター」

「そうだ。――そのリッターがエジンバラで関わったという『解剖中に死体が生き返った事件』だが、どうやら、そのことがきっかけとなって、『ソブリン同盟』の存在は浮上したようだったな」

「ああ、そうだね」

エジンバラまでの道のりで、ネイサンはリッターの悲惨な体験をウィリアムに話しておいたのだが、エジンバラでの聞き込みの中でも、そのことが話題にあがったのだ。

さすがに、解剖中に死体が生き返るなどというセンセーショナルな事件が起これば、悪事も隠しきれなくなる。結果、実行犯のうち、二人が捕まって絞首刑になり、一人は行方《ゆくえ》をくらませた。

「その実行犯も、首謀者と一緒にロンドンに来ている可能性は高いな」

ネイサンの推測に対し、ウィリアムが「これまでのさまざまなことを照らし合わせてみて」と告げる。

「僕は、ブラックウッドのことが気になっている」

「ブラックウッド?」

繰り返したネイサンが、確認する。

「それって、君が、ユニバーシティ・カレッジで行われた公開外科手術の時に一緒にいた人物だね。――今を時めく著名な外科医だろう?」

「そうだが、彼はもともとエジンバラで外科の道についていた男だし、『修行』と称してアメリカに渡ったのもちょうど二年前の、エジンバラで事件が発覚したあたりだったらしい」

「へえ」

「それになにより、彼には、外科医としての高い志のようなものはまったく感じられず、あるものといったら、高過ぎる自尊心と承認欲求、それから、人の生死を左右できるという、神にでもなったような傲慢《ごうまん》さだ」

「なるほど」

大きくうなずいたネイサンが「それは」と続ける。

「十分に怪《あや》しい」

そんな結論に達したところで、列車が減速し始め、彼らは首都ロンドンへと戻って来た。

4

ネイサンとウィリアムがいまだ列車の揺れに身を任せていた頃——。

ハマースミスにあるブルー邸に、一人の訪問客があった。

庭の手入れをしていたレベックは、吹き過ぎた風にスズランが一斉にざわめくのを聞いて、ハッとする。

立ち上がり、警戒するように屋敷のほうをジッと見つめた。

その背後では、スズランが風に身を震わせ、常人には聞こえない音域で警戒音を鳴らし続けていた。

注意。

注意。

注意。

ややあって、レベックが、道具類をその場に残し屋敷に向かって走り出す。

と、テラスのところで、庭に出て来ようとしていたバーソロミューと鉢合《はちあ》わせた。

「あ、バーソロミューさん」

「ちょうど良かった、レベック。今、お前を呼びにやろうとしていたところだよ」

それに対し、レベックが訊いた。

「……どなたか、いらしたんですか?」

ずっと庭にいたはずなのに、「なにかあったんですか?」ではなく、限定的に訪問者の有無を問いかけている。

だが、他に意識がいっているらしいバーソロミューは、気づかずにうなずいた。

「そう。ブラックウッドと名乗る方が、ご主人様と約束があるからと言って訪ねて来られたのだが、私のほうではまったく聞いていなくてね。――ただ、たしかに、ご主人様は、今日の夕方には、ウィリアム様を連れて戻られるご予定になっているので、追い返すわけにもいかず、ひとまず居間にお通しして、今、あちこちに問い合わせをしているところなのだよ」

「そうですか」

淡々と相槌を打つレベックに、バーソロミューが「それで」と頼み込む。

「悪いんだが、レベック、手が混んでいる私の代わりに居間へ行き、お前が彼を見張っていてくれないか。それでなくても、公爵様が夕食をご一緒に召し上がると言うので、やらなければならないことが山積みなんだ。――ああ、もちろん、お前は特になにもせず、ただ、そこにいればいいから。それでもって、居間の外に下働きの者を控《ひか》えさせておくので、お茶のお代わりなどの要望があれば、その者に伝えて、お前は部屋を出ないようにしろ」

「――はい」

「あと、用もなく立っているのは、慣れない人間にはとても気まずいだろうが、侮《あなど》られないよう、決してモジモジしたり、下を向いたりせず、前を向いてしゃんとしているんだぞ？」

「わかりました。――任せてください」

うなずいたレベックを頼もしそうに見て、バーソロミューが「よし」とはっぱをかける。

「では、部屋に行って着替えてから、お前の為《な》すべきことを為せ」

そこで、言われた通り一旦部屋に戻り、ネイサンのお供《とも》をする時などに着ている少しだけ上等な平服に着替えると、レベックは、最後に、先日、バーソロミューから渡されたワインを持って部屋を出た。

そのワインは、アーマード伯爵令嬢からお礼として届けられたものであるが、スズランから得られた情報を信じる限り、中には「媚薬」と称した「物忘れの薬」が混ざっている。つまり、これを飲めば、たちどころに、それまで心に秘めていた使命を忘れてしまうということだった。

事実か否か。

それは、間もなく判明する。

レベックが居間に入って行った時、ブラックウッドは室内をうろうろしていた。

その寸前、ノックの音に驚いたブラックウッドは、すぐに扉が開いたことにも動揺しつつ、サッと手にしていた小瓶《こびん》をポケットに戻した。

実は、その小瓶には、大量のスズランをつけておいた毒入りの水が入っていて、飲めば身体を壊すか、運が悪ければ死に至る。

それを、この部屋に常備されている飲み物に混入しようと画策していたのだ。

ウィリアムが飲んで身体を悪くすれば、当面の間、「ソブリン同盟」に対する捜査の手が緩むので、その隙に逃げるか、うまい具合にウィリアムが死んでくれたら万々歳だ。

万が一、飲まなくても、また別の手を考えるまでである。

もちろん、ブラックウッドは、エジンバラに向かったウィリアムたちの動向を探らせていて、今日の夕方、ロンドンに戻ってくることはわかっていた。

そして、彼らの現在の状況を考えたら、ウィリアムがすぐにはチジックの城に向かわず、二人揃《そろ》ってこの家に戻ることは間違いないと踏んでいる。

それは、彼にとってなんとも好都合であった。

さすがに警備の厳《きび》しいチジックの城を訪れてなんらかの細工をすることは難しいが、人の少ないブルー邸なら、それも可能だからだ。その上、ブルー邸で口にしたものが原因で公爵の身になにかあれば、いかに英雄視されているネイサンといえども、お咎《とが》めなしで済むとは思えない。——つまり、一石二鳥ということだ。

そこで、一人になったチャンスを逃さず、どこに毒を仕込むか考えながら歩きまわっていた。

そんな最中に入室してきたレベックの顔を見て、彼はどぎまぎしながら考える。

(この青年、どこかで会ったような……)

ブラックウッドの記憶は正しく、先日行われたユニバーシティ・カレッジでの公開外科手術に、レベックもネイサンとともに訪れていた。

ただ、直接話をしたわけではないため、うっすらと記憶に残っているに過ぎない。

思い出せないまま、彼は言う。

「趣味の良い部屋ですね」

「ありがとうございます」

「つい、調度類などを拝見させていただいていました」

言い訳するように告げたブラックウッドは、淡々と受け答えするレベックに対し、「ああ、それはそうと」と頼み込む。

「実は、とても喉が渇《かわ》いているので、よろしければ、お茶のお代わりなどいただけませんか？」

それに対し、かすかに微笑《ほほえ》んだレベックが「それでしたら」と言いながら、後ろ手に隠していたワインの瓶を差し出して勧めた。

「実は、先日、某伯爵家から届いたばかりのワインがございまして、主人が戻るまでの徒然《つれづれ》にいかがでしょう？」

「――ワイン？」

酒類に目がないブラックウッドは、その言葉に食指を動かされる。

ネイサン自身は一介《いっかい》のプラントハンターに過ぎないが、社交界の花形である彼のもとには、おそらく、あちこちから驚くような逸品《いっぴん》が届けられるはずだ。

酒好きの人間にとっては、たまらない話である。

そこで、ブラックウッドは、レベックの言葉に食いついた。

「それは、ぜひ」

ただし、果たすべき目的も忘れてはならない。

そこで、「それで」と続ける。

「図々しいお願いとは思いますが、なんでもいいので、つまみになるようなものがあれば――」

「そうですね。用意させましょう」

レベックはすんなり応じ、ワインを開けてブラックウッドにふるまう。

「どうぞ、すべてを忘れておくつろぎください――」

5

数時間後。

「ブラックウッドが来た――？」

ハマースミスの自宅に戻って来たネイサンは、玄関で出迎えたバーソロミューの言葉に驚き、とっさにウィリアムと顔を見合わせる。なんと言っても、外科医のブラックウッドは、彼らが追っている連続殺人事件の首謀者である可能性が高いからだ。

そのブラックウッドが、いったいなんの目的で、この家に来たというのか。

バーソロミューが慇懃《いんぎん》に尋ねる。

「そのご様子では、やはりお約束などはなかったのですね？」

「ないよ」

応じたネイサンが、「それで」と訊く。

「彼は、まだいるのか？」

「いえ」

否定したバーソロミューが、珍しく戸惑ったように「それが」と説明する。

「私にもよくわからないのですが、ご主人様と約束があると言ってあがり込んだ割に、しばらくして、急に『帰る』と言い出しまして、その挙げ句、帰り際に『そもそも、私は、なぜここにいるんだ？』とつぶやいておられたのです」

眉をひそめたネイサンが、繰り返す。

「『私は、なぜここにいるんだ』だって？」

「はい」

「まるで、この家にいる間に記憶喪失《そうしつ》にでもなったみたいじゃないか」

「本当に、その通りで」

どうやら、その時の状況は、熟練の執事であるバーソロミューですら戸惑わせるものであったようだ。

彼は、「しかも」と続けた。

「酒類を提供したつもりはないのですが、少々、酩酊《めいてい》されている感もありまして……」

その情報に、ふたたびウィリアムと顔を見合わせたあと、ネイサンが推測する。

「まあ、あの部屋には、常時酒類は置いてあるから、誰もいないのをいいことに、勝手に飲んだのかもしれないな」

「ですが」

バーソロミューが、首をかしげつつ報告する。

「私も、少々警戒し、レベックに部屋で見張るように言っておきましたから、酩酊できるほど飲む時間はなかったのではないかと――」

それに対し、ネイサンが訊き返す。

「レベックに？」

「はい」

うなずいたバーソロミューが、「彼の報告では」と続けた。

「特に怪しい動きはなかったということでした」

「なのに、突然『帰る』と言い出した。――しかも、記憶喪失にでもなったかのように？」

「そうです」

それは、不思議な話もあったものである。

そこで、ひとまず問題の居間へ移動したネイサンとウィリアムは、いつものようにすぐには寛《くつろ》がず、それぞれ、あたりに探るような視線を向けた。

言ったように、彼らはブラックウッドを連続殺人事件の首謀者と見做《みな》しているわけだが、もし、それが事実なら、ブラックウッドのほうでも、エジンバラに向かったウィリアムとネイサンのことを相当警戒しているはずだからだ。

その彼が、嘘をついてまでこの家に来たのなら、そこには絶対になにかわけがある。

「とにかく」

ウィリアムが言う。

「この部屋にあるものを徹底的《てっていてき》に調べよう」

「そうだな」

ネイサンが認めて続ける。

「毒でも盛られていたら、たまったものではない。――もっとも、バーソロミューの機転のおかげで、一人でいられた時間は短いから、仕込めたとしても一ヵ所か二ヵ所だろう」

「だとしたら、飲み物が怪しい」

「たしかに。――仕込んだついでに、匂いにつられ、安全なものを飲んだ可能性はある」

推測した二人が、真っ先にサイドテーブルの上の酒類を調べていると、その場にレベックがやってきた。

「ウィリアム様、ネイサン」

「ああ、レベック」

振り返ったネイサンが、すぐに尋ねる。

「君、この部屋で、ブラックウッドのことをずっと見張っていてくれたそうだね?」

「はい」

「それなら、彼に、変わった動きはなかったかい？」

「ありました」

レベックはあっさり答え、「あったんだ？」と驚くネイサンとウィリアムを前にして、続けた。

「あの方は、スズランの毒を溶かした水を持ってうろうろなさっていたようですが、結局、事を為す前に、すべてを忘れてお帰りになられました」

「スズランの毒？」

色々と突っ込みどころが満載の報告に対し、まずはその部分をネイサンが明白にする。

「随分《ずいぶん》とはっきり言うけど、なんで、彼がスズランの毒を溶かした水を持っているとわかったんだい？」

そんなこと、バーソロミューは一言も言っていなかった。

ウィリアムも、「たしかに」と不思議がる。

「なんでわかった？」

「それは……」

ウィリアムの顔を見てわずかに躊躇《ためら》ったあと、レベックは正直に答える。

「庭のスズランが、教えてくれたからです」

「――庭のスズランが？」

呆《あき》れたように訊き返したウィリアムは、当然、スズランが教えてくれたというその理由に疑問を持ったのだが、対照的に「庭のスズラン？」とつぶやいたネイサンは、まったく別のところに疑問を抱いて、尋ね返す。

「うちの庭に、スズランなんてあったっけ？」

ウィリアムがネイサンのほうを見て「そこか？」と突っ込んでいるのを前にしながら、レベックは「あ、はい」と肯定した。

「大陸から僕が持ち帰ったものが」

「なるほど」

その一言で納得し、ネイサンは、「それなら」とすべてを端折《はしょ》って確認した。

「僕たちは、もうなんの心配もなく、ここで寛いでしまっていいわけだな？」

「はい。大丈夫です」

断言したレベックに対し、ウィリアムがまだ納得がいかないように言う。

「おいおい、ネイト、本気で言っているのか？」

「そうだね」

答えたネイサンが、「でも、もし」と続けた。

「君がどうしても気になるようなら、数日かけて、この部屋にあるものを君のために一新しておくから、今日は、ひとまず場所を変えて話そう」

そこで食堂に移動し、旅の疲れを癒《い》やす食事をとって満足した彼らだったが、なんだかんだ寛ぐ場所を失った形のウィリアムは、その日はあまり長居をせず、早々に城へと引き上げて行った。

6

その夜。

テラスのテーブルに座って庭を眺めていたネイサンのところに、バーソロミューから伝言を受け取る形で、レベックがやってきた。

「――お呼びでしょうか、ネイサン」

「うん」

珍しく硬い表情で応じたネイサンが、そばに立ったレベックに対し、椅子も勧めずに告げた。

「実は、今しがた、庭を見まわっていて」

表情と同じ、硬い声。

どうも様子が変である。

その理由は、次の一言で明らかとなる。

「君がさっき言っていたスズランを、見つけたよ。――禁域のところでね」

その瞬間、さすがにひやりとして、レベックが下を向く。

「――そうですか」

それをチラッと見て、ネイサンが詰問《きつもん》する。

「そんな表情をするということは、君は、僕がどう思うかをわかった上で、やったんだな？」

「――いえ」

慌てて顔をあげたレベックは、「僕は」と弁明した。

「ネイサンならわかってくださると思って、やりました。あれは、あの場所にとって必要なことだから」

そんな必死の訴《うった》えに対しても、ネイサンの態度はすぐには軟化せず、相変わらず硬い声で問い質《ただ》す。どうやら、本気で怒っているようだ。

「だけど、僕は、あの場所には触れてはならないときちんと伝えたはずだよ。――しかも、それは僕の意思ではなく、祖父から受け継がれた禁忌《きんき》であり、そもそも、僕が、許すとか許さないという問題でないことはわかっているだろう？」

「はい」

神妙に答えたレベックが、「だからこそ」と説明する。

「僕は、スズランを植えました。――それが、ガウェインさんの願いでもあったはずなので」

とたん、ネイサンが意外そうな顔になる。

「祖父の願い？」

「そうです」

きっぱりと肯定したレベックの顔を見て、少しだけ表情を柔らかくしたネイサンが訊く。

「でも、そうだとしても、行動に移す前に、なぜ、僕に一言でもいいから、相談をしてくれなかったんだ？」

「もちろん、相談するつもりでしたが、一言で済む話ではなかったのと、ロンドンにお戻りになってすぐ、ネイサンはあちこちに出かけてしまわれ、お伝えする暇もないまま、時間だけが迫《せま》って来てしまったんです」

「時間が迫って来た？」

これまた不思議なことを聞かされ、ネイサンの食指が動かされる。

「それは、どういう意味だい？」

「口で説明するのは難しいのですが」

考え込むように、レベックは言葉を繋《つな》げる。

「今回のことには、タイミングがあるようなんです」

「タイミング？」

「はい」

うなずいたレベックが、庭の奥へと視線をやりながらつぶやく。

「今夜あたり、西洋ナツユキソウが咲いてくれたらいいんですけど……」

それに対し、ネイサンがあっさり教える。

「それなら、咲いていたよ」

「――え？」

驚いたレベックが、金茶色の瞳を妖《あや》しく光らせて確認する。

「本当ですか？」

「うん」

うなずいたネイサンが、今やすっかりいつもの快活な口調に戻って続けた。

「禁断のエリアに植えられたあの三種類の植物は、本来開花の時期が若干《じゃっかん》ずれているはずなのに、今宵《こよい》は、なぜか、三つが全部咲いていたから、なかなか圧巻でね」

とたん、レベックがネイサンの腕を引っつかむ。

「なら、急ぎましょう、ネイサン」

「え――？」

引っぱられた勢いで立ちあがりながら、ネイサンが困惑したように告げた。

「だけど、その前に、僕は、まだ君に確認したいことがいくつかあって、そのうちの一つが、ブラックウッドが記憶喪失のようになったことと、君がスズランを植え替えたことには、なにか関係があるのかってことなんだ」

「それは、はい、あります」

庭の奥へとネイサンを引っぱって行きながら、レベックが手短に説明する。

「あの方を記憶喪失にしたのは、『忘却の河《レテ》』の水が入ったワインですが、それはもともと僕に、これからやる使命を忘れさせるためにもたらされたもののだったようです」

レベックの荒唐無稽な説明に対し、ネイサンがとっさに立ち止まって訊き返す。

「『忘却の河《レテ》』の水?」

それは、他でもない、死者が渡るとされている神話上の河の名前で、現実にあるものではない。

さすがにすぐには納得のいかなかったネイサンが、「そんなもの」と訊き返す。

「もし、この世にあったとして、いったいどこの誰がもたらせると言うんだ?」

「よくはわかりませんが」

レベックが焦《じ》れたようにネイサンの腕を引きながら答えた。

「フローラの意を汲《く》んで僕がやろうとしていることを良く思わない誰かでです」

「フローラ?」

「それは例の——」

レベックの言っていることを理解しようと努めるネイサンが訊き返す。

だが、その時、頭上で鳥の羽ばたきが聞こえ、とっさに空を見あげたレベックが急《せ》かした。

「ああ、ネイサン、僕がわかることは、あとですべて説明しますから、今は急ぎましょう。

──というより、おそらく『百聞《ひゃくぶん》は一見《いっけん》にしかず』です」

そのままグイグイと腕を引かれ、仕方なくネイサンは、レベックとともに庭の奥へと急いだ。

ネイサンが言った通り、禁断のエリアにある三つの植物──オーク、エニシダ、西洋ナツユキソウは、すべてが開花していた。

月夜に白々とした花を咲かせるその様子は、なんとも幻想的で美しい。

そして、彼らがその前に辿《たど》り着《つ》いた時、ちょうど、一羽のフクロウがオークの木に舞いおりるところであった。

おそらく、彼らが先ほど聞いた羽の音が、それであろう。

だが、ネイサンが驚いたことに、そのフクロウが枝に触れるや否や、その体が溶《と》け出《だ》し、白い輝きとなってオークの幹を伝い下りはじめた。

ハッとして息を呑《の》むネイサンの前で、レベックも緊張した面持ちで身体を硬くする。

「──いったい、これは」

絞《しぼ》り出《だ》すように言いかけたネイサンを、レベックが「し。静かに、ネイサン」と短く制した。

冷静に考えたら、大変失礼な言動ではあるのだが、今は、レベックもそれどころではなかったのだろう。

彼らが凝視《ぎょうし》する中、白い輝きは木の幹を伝って地面へと達し、やがてその場所から人の形をした輝きができあがる。俄《にわ》かには信じがたいことであったが、しばらくしてその場に、それまではいなかった一人の女性が出現した。

まるで植物が種から芽吹いてすくすくと伸び、最後に花が咲くのを早まわしで見ているかのように、その女性はあっという間に地面から誕生し形を成《な》した。

神秘としか言いようがない。

しかも、よくよく見れば、まさに花の顔《かんばせ》を持つ乙女《おとめ》だ。

「……いったい」

自分が見ているものが信じられないネイサンが、凝《こ》りもせずにつぶやくと、今度はレベックも牽制《けんせい》せず、むしろどこか誇《ほこ》らしげに告げた。

「あれは、ブロダイウェズです」

「ブロダイウェズ？」

繰り返したネイサンが、確認する。

「ケルト神話に出てくる、花の乙女の？」

「はい」

それは、最近、ネイサンが手に入れた祖父の日誌に書かれていた話で、とても興味深い物語であった。

概略を言うと、ある神のために、魔術師グイディオンが魔法を使い、花から「ブロダイウェズ」という名の乙女を作り出す。ただし、花の心しか持たない彼女は、その神と結婚していな

がら別の男性とも関係を持ち、挙げ句の果てに、夫である神の殺害に手を貸してしまう。最後は、そのことに激怒したグイディオンにより、フクロウにされてしまう――というものだ。

一通り、内容を頭に思い浮かべていたネイサンは、続けて「ああ、だから」とつぶやく。

「フクロウが……」

そんなネイサンに、レベックがさらに驚くようなことを告げる。

「そして、あれが僕の母だそうです」

「――へ？」

とっさに変な声をあげてしまったネイサンが、レベックを振り返って訊き返す。

「嘘だろう？」

「いえ」

真面目《まじめ》な顔で答えたレベックが、「もちろん」と続ける。

「僕は本当のことを知りませんが、育ての親であるフローラが言うには、あれが僕の産みの親で、今回と同じく、三つの花の『合《ごう》』によって人の形をとった彼女が僕を産み落とし、役目を終えて消え去ったあとは、フローラが彼女に代わって育ててくれたというわけです」

実は、その「レディ・フローラ」と呼ばれていた女性も、春の女神オストラが人に化身《けしん》した姿であるのだが、そのことにはあえて触れずに、レベックは続けた。

「そんなややこしいことが行われたのも、かつて神々の怒りを買ってフクロウにされてしまった憐《あわ》れな彼女の魂《たましい》を救うためで、つまり、それこそが僕が誕生した理由であり、僕の使命ということになります」

「まさか――」

絶句しかけたネイサンが、「でも」と考え込みながら尋ねる。

「そんなこと、君、いつ聞いたんだ？」

フローラが亡くなったのはレベックがまだ幼い頃で、もし、それらの事情を当時から聞かされていたなら、今まで黙っていたのも変な話である。

すると、レベックがまた意外なことを言った。

「ネイサンと別れて大陸を旅していた時です」

「え、つい最近じゃないか」

「そうですね」

「夢で？」

「現実だと思います。――彼女は、時が動き、ふたたび戻って来たと言っていましたから」

「……戻って来たねえ」

すぐには受け入れがたい話であったが、ネイサンは次第にヤケクソのような気持ちになってきた。

それに、言われてみれば、もし、それが事実なら、レベックの持つ、植物と意思疎通《そつう》ができるという例の特殊な能力も理解できるというものだ。

そう思ったネイサンが、「もしかして」と尋ねた。

「僕のおじいさんは、それに一枚かんでいたとか？」

「ええ、そうだと思います」

認めたレベックが、「ガウェインさんは」と教えた。

「親しくなった妖精王の要望を受け、僕がこの世で成長し、無事にこの日を迎えられるようにレールを敷いてくれたのだと思います」

「つまり、かつて、僕らの夢の中で僕と君を出逢わせるように導いたのも、そのためだったのか……」

「たぶん」

そんな話をする間にも、レベックが大陸からもたらしたスズランの花から、まるで小さな花々の続きのように白い階段が空に向かって伸びて行き、そこを、生まれたばかりのプロダイウェズがのぼって行く。――正確には、目に見える形をとったブロダイウェズの魂がのぼって行くのだ。

解放の瞬間である。

その頃には、もうなにが来ても信じる気になっていたネイサンが、尋ねる。

「それなら、これで、君の使命も終わった？」

「はい。――おかげさまで無事に終わりました」

そのあまりに清々《すがすが》しい様子を見て、ふと不安になったネイサンが確認する。

「だけど、それならまさか、君まで、このまま消えてしまうなんてことはないだろうね？」

そんなことにはなって欲しくないという、彼なりの焦りを秘めた問いかけである。それくらい、レベックは、ネイサンにとってなくてはならない大切な存在になっていた。

そんなネイサンの想いを汲み取ったらしいレベックが、嬉しそうに答える。

「いいえ、ネイサン。僕を産み落とした母は花の化身のような儚《はかな》い存在でしたが、僕自身は、妖精王や女神の力でもってきちんと人間として生まれているので、寿命が来るまではこのまま生き続けます」

「――なら、よかった。万事オッケイ、世はこともなし、だ」

そこで二人は、黙り込み、長い年月を経《へ》て、ようやく星々の輝ける空へとのぼって行くことができたブロダイウェズの魂を見送った。


そんな二人を、闇の中で見つめている者がいる。

薬剤師のギデオンと名乗り、アーマード伯爵に取り入っていた魔術師グイディオンだ。

そして、残念ながら、彼がアーマード伯爵令嬢を操ってレベックの使命を邪魔しようとした企《たくら》みは、この結果をもって潰《つい》えたことになる。しかも、その過程において、アーマード伯爵令嬢の記憶から「花園のニール」やレベックに対する恋慕《れんぼ》の情が消え去ってしまっていたのだが、そのことを気にする素振《そぶ》りもない。神々の魔術師であるグイディオンにとって、一人の人間の恋心などどうでもよく、ただただおのれの敗北が許せないのだ。

「──なんてことだ！　なんてことだ！　この私が、あのような人間にしてやられるとは!!」

怒り心頭に発して地団太を踏む彼に、その時、背後から声がかけられる。

「いい加減、恨みを引きずるのはおやめになってはいかがですか、グイディオン殿」

振り返ると、そこにフローラの麗《うるわ》しい姿があった。

「──春の女神オストラ、か」

彼女の本来の名前を呼んだグイディオンに、フローラがさらに言う。

「あれは、貴殿の負けというよりは、花より生まれた乙女の魂を花たちが守った結果でありましょう。それに、この際だから言わせてもらえば、そのようにいつまでも過去のことにとらわれているのは、貴殿のためにもよくないと思います。──ということで、これを機に、前を向かれてはいかがです？」

やんわりと諭《さと》す女神オストラをジロッと眺め、グイディオンが言い返す。

「それなら訊くが、あの妖精王の血を引く人間は、今後もこの地で生きて行くのか？」

「はい」

うなずいて、ネイサンの隣に立つレベックを見つめたフローラ――もとい女神オストラが、「あのように」と続ける。

「良き導き手にも恵まれたようですので、このまま、こちらでの生を全《まっと》うしてもらうつもりです。――そのほうが、花たちも喜びますから」

「なるほど――」

どこか不穏な響きを持つ声で応じたグィディオンは、「それなら」と闇に溶け込みながら告げた。

「今回は、そちらの勝ちとしよう」

まるで、次回があるような言い方である。

その台詞《セリフ》を最後に、一人残された女神オストラは、小さく溜息をつき、自身も月明かりに消え入りながら、「やれやれ」とぼやいた。

「我が養い子の冒険は、なかなかどうして、簡単には終わらないようだ。――まあ、それならそれで、せいぜい、後ろ盾となる人間たちには、がんばってもらわないとな」

終　章

その夏。

ロンダール公爵家の本拠地であるロンダール・パレスは、とても賑《にぎ》わいを見せていた。

というのも、女王陛下の命を受けて育成されていたオオオニバスが、見事に花を咲かせ、人々の目を楽しませているからだ。

そんな訪問客たちに紛《まぎ》れ、巨大な花がプカプカと浮いている温室の人工池の前に立ったネイサンとウィリアムは、だが、開花したオオオニバスについてではなく、ロンドンの街を襲った連続殺人事件の顚末《てんまつ》について話していた。

ウィリアムが、残念そうに告げる。

「本当に、あとちょっとだったんだがなあ」

ネイサンが、気の毒そうに言う。

「まさか、逮捕《たいほ》直前に、ブラックウッドが亡くなってしまうとはね」

それから、あたりを憚《はばか》るように声を潜《ひそ》めて確認する。

「死因は心臓発作と聞いたけど、自殺か、あるいは他殺という線は考えられないのかい？」

「考えられるが、立証は無理だな」

応じたウィリアムが、「なんであれ」と続ける。

「例の連続殺人事件の首謀者《しゅぼうしゃ》は彼で間違いなく、生きていたところで絞首刑《こうしゅけい》になったろうから、今さら死んだことに文句はないが、惜しむべくは、彼の死によって『ソブリン同盟』について、ほとんどが闇《やみ》に葬《ほうむ》り去《さ》られてしまったことだ」

「きっと、今頃、どこかで胸を撫《な》で下《お》ろしている人間が大勢いるんだろうな」

「絶対に！」

だからこそ、彼の死が暗殺だった可能性も否定できないわけで、よくある話とはいえ、なんとも歯がゆいことである。

「もっとも」

ウィリアムが、肩をすくめて言う。

「今後は、解剖用《かいぼうよう》の死体を一般にも広く求められるよう法改正が進められることになったから、『ソブリン同盟』はすぐに存在意義を失うさ。──それが、救いと言えば救いだな」

「そうだね」

うなずいて目の前の光景に視線を移したネイサンが、そこでようやくオオニバスに意識を向けて感嘆《かんたん》する。

「まあ、それはそれとして、こっちのほうは見事に成功したようだね。——素晴らしい眺めだ」

「……ありがとう」

褒《ほ》められたのに、あまり嬉しくなさそうに応じたウィリアムが、「ただ」と言う。

「パクストンの話では、一時は、この開花もかなり危《あやう》い状態になったらしい」

「へえ」

オオオニバスのほうに視線をやったまま、ネイサンが応じる。

「だとしても、こうして咲いたということは、見事に危機を乗り越えたということで、結果オーライだろう？」

「そうなんだが、実は、それに関して、僕は、使用人たちがちょっと不思議なことを話しているのを聞いてしまって」

「不思議なこと？」

ネイサンが尋ね返すと、「ああ」とうなずいたウィリアムが、「その」と続ける。

「絶体絶命の危機に陥《おちい》った際、この城にどこからともなく赤い髪の妖精が現れて、瀕死《ひんし》のオオオニバスを魔法で救ってくれたらしく、彼らはそのことに感謝し、その妖精を存分にもてなして送り出してやったそうなんだ」

「……それはまた、興味深い話だね」

クスクスと笑いながら応じたネイサンが、「でも、まあ」と話をまとめる。

「こういう奇跡的な成果には、その手のロマンはつきものだから、それはそれでいいと思うよ。現実として、これが間違いなくパクストン氏の功績であることを忘れさえしなければ――」

「なるほど」

肩をすくめたウィリアムが、「では」と言う。

「そういうことにしておこうか」

「うん。それがいい」

応じたネイサンが、思いついたように「ロマンと言えば」と尋ねた。

「アーマード伯爵令嬢との結婚話は、ダメになったそうだね？」

「ああ、それ」

苦笑したウィリアムが、「もともと」と説明する。

「僕としては乗り気ではなかったから、いいっちゃいいんだけど、どうやら同じパーティーに来ていた熱心な求婚者にすっかり心をほだされてしまったようで、あっさりそっちに鞍替《くらが》えしたらしい。――まったく、これだから、女心というのは当てにならない」

まるでそれこそが、おのれが独身を貫《つらぬ》く理由だと言わんばかりのウィリアムが、「そういう君こそ」と話題を振る。

「これから、どうするんだ？」

「どうするって、なにが？」

「だから、あちこちから声がかかっているようだが、今後、『比類なき公爵家のプラントハンター』としての仕事を続ける気はあるのか？」

「もちろん」

あっさり答えたネイサンが、「君が」と宣言する。

「おろせというまで、僕は看板をおろす気はない」

とたん、ホッとしたように口元をほころばせたウィリアムが、「だったら」と子どものようにはしゃいで言った。

「レベックともども、死ぬまでぶらさげていろ」

「――レベックも？」

意外に思って確認するネイサンに、「ああ」とうなずいたウィリアムが付け足した。

「さしずめレベックの場合は、『比類なき公爵家のプラントハンターの秀逸《しゅういつ》な助手』と言ったところか。――なに、今後、どこかの庭園の所長なり大学の教授なり、はたまたその補佐とか、とにかく君らがなにになるとしても、その看板が仕事の邪魔になることはないさ」

「ああ、そうだな。君が望むなら、そうするよ」

そんなことを誓い合う彼らの前には、オオオニバスの花がゆったりと咲《さ》き誇《ほこ》っていた。

はつか大根の怪
〜ラディッシュ・エクスプローソン〜

1

「ラディッシュ、食うか？」

豪勢な食事の合間に勧められ、ネイサンは「ああ、いただくよ」と言って一つ齧《かじ》った。脂《あぶら》ぎった料理のあとであるだけに、そのすっきりした味わいが舌に心地よい。

相手が、さらに勧める。

「よければ、もう一つ」

「ありがとう」

ここは、第六代ロンダール公爵が社交シーズンに根城《ねじろ》としているチジックの城のダイニングルームで、食事をともにしているのは未《いま》だ独身公爵のウィリアム・スタインと、「比類なき公爵家のプラントハンター」であるネイサン・ブルーだ。――いや、先日、ネイサンは、これまでの功績を讃《たた》えられ、女王陛下より、一代限りの「男爵位」を賜《たまわ》る栄誉に浴したため、今や「ブルー卿《きょう》」である。

そんなネイサンとウィリアムは、昨日、万国博覧会に向け、ハイドパークに急ピッチで建設されている水晶宮《クリスタルパレス》を見学してきたばかりで、話題はどうしたってそのことに集中する。

「それにしても、ガラス張りの巨大な建造物なんて、パクストンはやはり天才だね」

設計者に対するネイサンの惜しみない称賛の言葉に、ウィリアムがどこか得意げに教える。

「僕も、最初にこの計画を聞いた時はあまりに無謀《むぼう》過ぎると思ったんだが、彼は、以前、デボンシャーの城の温室で、君とオオオニバスの葉の構造について語り合ったことがあると言っていて、それがきっかけでこの構想を思いついたらしい」

デボンシャーの城はロンダール公爵家の本拠地で、「ロンダール・パレス」として天下に名を轟かせる名城だ。その上、敷地内にある巨大な温室は、ネイサンを始めとするプラントハンターや植物学者がもたらした世界各国の変わった植物で埋め尽くされ、中でも特に、南米からもたらされ、実生《みしょう》から見事開花に至ったオオオニバスは有名であった。

「へえ」

意外そうにペパーミントグリーンの目を見開いたネイサンが、ややあって「でも、そういえば」と過去を振り返る。

「そんな話をした記憶はあるな。あの大きさの葉を支える浮力がなにに由来するのか、僕も興味があったから」

「だとすると、あの世紀の巨大建造物について、間接的には、君にも功績があるってことだ」

「それはないよ」

笑って否定したネイサンに、ウィリアムが話題を変えて勧める。

「それはそうと、ラディッシュ、食うか?」

「いや」

ひとまず断ったネイサンが、かたわらにあるラディッシュの山に視線を流しつつ問う。

「ラディッシュは嫌いではないけど、さすがに腹《ふく》が膨れてしまうし、そもそも、さっきからなんでそんなに大盤《おおばん》振《ぶ》る舞《ま》いなんだ？」

「それが……」

ウィリアムが言いにくそうに言葉を繋《つな》ごうとした時だ。

なんのお触れもなく、彼らのいるダイニングルームに一人の男が入って来た。見目《み》麗《め》しきネイサンや美丈夫《びじょうぶ》のウィリアムに比べると、ボサボサの髪をしたなんとも精彩を欠く人物だが、子どものようにキラキラと輝いている薄緑色の瞳が、それらの印象をすべて覆《くつがえ》す魅力を放っている。

ケネス・アレクサンダー・シャーリントン。

シャーリントン伯爵の次男坊で無類の昆虫好きである彼は、どこから採《と》ってきたのか、ラディッシュをポリポリ齧りながら二人に挨拶《あいさつ》した。

「やあ、ウィリアム、ネイサン。遅れてごめん」

実は、この会食にはケネスも来る予定だったのに、待てど暮らせど一向に姿を現さなかったため、先に食べ始めていたのだ。

ウィリアムが、眉《まゆ》をひそめて応じる。

「それはいいが、今までどこをほっつき歩いていたんだ。――今さら、この城で迷うということもないだろうし」

「それが、廊下でコオロギを見たように思ったから、捜していたんだ」

「コオロギ？」

反応したネイサンが、問い返す。

「この季節に？」

「うん。だから、僕も変だと思って捜したんだよ。――新種かもしれないだろう？」

「そうだね」

認めたネイサンが、さらに尋ねる。

「それで、そのコオロギは見つかったのかい？」

「いいや」

首を振ったケネスが、「代わりに」と翳りかけのラディッシュを突き出す。

「これを見つけた。――廊下に落ちていたんだ。ちなみに、いくつか落ちていたけど、誰かどこかでラディッシュを大量にぶちまけたのかな？」

それに対し、ネイサンとケネスの二人から同時に視線を向けられたウィリアムが、咳払《せきばら》いを一つして答える。

「ぶちまけたかどうかは知らないが、実を言うと、今、この城の菜園では、なぜかラディッシユが異常繁殖《はんしょく》しているんだ」

「――異常繁殖？」

2

ウィリアムから話を聞いた彼らが揃《そろ》って菜園にやってくると、たしかに、そこにはラディッシュの山が築かれていた。

「ああ、本当だ」

「すごいな」

感心する二人に、ウィリアムが恨《うら》めしげに言う。

「すごいというより、迷惑だ。他の野菜が採れなくなったから、僕はこのところ、ラディッシュ漬《づ》けと言っても過言ではない。――ラディッシュのスープにラディッシュの酢漬け、合間に生のラディッシュを齧って、そのあと、カモ肉のラディッシュ・ソース、つけあわせは焼いたラディッシュだ」

「……ああ、それは、なんと言うか」

思わず同情したネイサンだったが、畑の奥から赤毛の青年が歩いて来るのに気づいて、「あれ？」と表情を変える。

「あそこにいるのは、レベック？」

レベックは、もともとプラントハンターであるネイサンの助手としてブルー邸《てい》に居候《いそうろう》していたのだが、植物の育成に関する実力を買われ、少し前から、キューガーデンの庭師として働くようになっていた。

ちなみに、「男爵」となったネイサンは、「比類なき公爵家のプラントハンター」の看板はそのままだが、外洋に出て行くことはほとんどなくなり、キューガーデンの顧問やキングス・カレッジでの教授職などを掛け持ちし、忙しい日々を送っている。そのため、同じ家に住んでいながら、朝が早いレベックと顔を合わせる機会はかなり減っていた。

驚いた表情のまま、ネイサンがウィリアムの愛称を呼びながら訊《き》く。

「もしかして、リアム。君、レベックのことをキューから借り出したのか？」

「うん、まあ、そうだな」

バツが悪そうに認めたウィリアムが、「だって」と子どものように言い訳する。

「こんな風にラディッシュが異常繁殖するなんて、どう考えてもおかしいし、そういう『どう考えてもおかしい』植物の事件が起これば、ひとまず、植物の心がわかるというレベックに来てもらうのが一番だと思ったから」

「そうかもしれないけど……」

かつてはレベックの異質な能力を頑《かたく》なに認めず、得体の知れない人物として敬遠していたくせに、こんな時には頼ろうというのだから、調子がいいとしか言いようがない。それでも、レベックが引き受けたのなら、ネイサンがとやかく言うことではないと判断し、意見はせずに必要最低限の確認だけする。

「まあ、それならそれでいいけど、当然、キューのほうには、君からしっかり断りを入れてあるんだろうな？」

「もちろん。抜かりはないさ。——さすがにラディッシュの異常繁殖なんておかしな話はしてないが、うまい具合に、中国からもたらされたクレマチスの新種をうちでも育てることになったんで、それを理由に、しばらくは週に何日か、あちらの予定を優先しつつ、ここに来てもらう手はずになっている」

話している間、ネイサンがあまりいい顔をしていないのを見て取り、ウィリアムは「言っておくが」と慌てて付け足した。

「給金は、キューの倍以上だから」

「それなら、文句はない」

別に、レベックの給料があがったところでネイサンが得をすることはないのだが、レベックの評価が名実ともにあがることは、後見人としてなによりも嬉しいものである。

と——。

彼らに気づいたレベックが、ニコニコしながら寄ってくる。

「ネイサン！　――それにウィリアム様とケネス様も」

「やあ、レベック」

それぞれがレベックに挨拶していると、彼らのそばを一匹のミツバチが飛びまわった。とっさにウィリアムが手で払いながら、文句を言う。

「ああ、うっとうしいな。ミツバチの羽音は嫌いだ」

「そんなこと言って、彼らがいなければ、僕らの生活は成り立たないんだよ」

昆虫好きのケネスが弁護するうちにも、レベックが掌《てのひら》を差し出して飛びまわるミツバチを呼び寄せ、手の上を這《は》いまわらせた。

それを見て、ネイサンが忠告する。

「レベック、さすがに素手《すで》は、刺されたら危ないから」

「平気ですよ、ネイサン。――ミツバチに刺されたところでどうってことないですが、それ以前に、これはミツバチのようでいてミツバチではありませんから」

「――え？」

「なんだって？」

奇妙な言い分に驚いたネイサンやウィリアム、さらにケネスまでもが大きく首をかしげ、代表してネイサンが尋ねる。

「ミツバチではないって、どう見てもミツバチにしか見えないけど？」

「たしかに、ミツバチですね」

「でも、今、君、これはミツバチではないって」

「はい」

うなずいたレベックが、「ミツバチに見えますが」と真面目《まじめ》に答えた。

「これは、ミツバチに変身したラディッシュなんです」

「ミツバチに変身したラディッシュ――?」

三人が異口同音に言い、途方にくれた様子で顔を見合わせる。

ややあって、ウィリアムが少し怒ったように訊く。どうやら、レベックにからかわれていると思ったようだ。

「レベック。君は、そのミツバチがラディッシュだと言っているのか?」

「そうです」

なんの迷いもなく認めたレベックが、「ちなみに」と問う。

「ウィリアム様にお尋ねしますが、この城では、まだ、アネモネがまったく咲いていないのではありませんか?」

とたん、意外そうな顔になったウィリアムが、「たしかにそうだが」と認めた。

「なんで、わかったんだ?」

「それは、コレが教えてくれたからです」

「コレ」と言いながら手の上のミツバチを示したレベックを不愉快《ふゆかい》そうに見返し、ウィリアムが詰問《きつもん》する。

「ということは、君は、植物に続いて、ミツバチの言っていることまでわかるようになったと主張したいのか？」

「いいえ、違います」

そこはきっぱり否定し、レベックは答えた。

「ミツバチではなくラディッシュの言葉がわかったんです。それによると、この城でのラディッシュの異常繁殖は、ラディッシュの精であるリューベツァールという者がアネモネの美しき精霊を誘拐《ゆうかい》したせいで起きているそうで、なんとか逃げ出したいアネモネの精霊が、リューベツァールを焚《た》きつけて、ラディッシュを次々にミツバチやコオロギに変身させ、それをこっそり外に放って助けを呼ぼうとしているみたいなんです」

それに対し、いささか思い当たる節のあったネイサンが、「コオロギ……」とつぶやき、ケネスとそっと視線を交わした。

その前で、レベックが「それで」と淡々と説明を続ける。

「ミツバチに変身したラディッシュが言うには、夜、山積みになったラディッシュを誰かが数え始めれば、リューベツァールがそれに気を取られるので、その間に、アネモネの精霊は前もって馬に変身させておいたラディッシュに乗って逃げ出すことができるそうなんです」

「つまり、それでラディッシュの異常繁殖は止められると？」

ネイサンの確認に、レベックが「はい」と神妙にうなずく。

だが、語られた話をまったく信じていない様子のウィリアムが、「レベック、君は」と怒ったように問いつめた。

「さっきから、なにを言っているんだ？　そんな与太話《よた》を僕たちが信じるとでも——」

だが、言っているそばから、今、語られた話の真実味を裏付けるように、レベックの手の上を這いまわっていたミツバチが形を変え、ラディッシュとなってボトリと地に落ちた。

四人の目が同時にそれをとらえ、そのまま、誰もなにも言えなくなる。

それはまさに、目の前のミツバチが、ミツバチに変身したラディッシュだったというありうべからざる事実が証明されてしまった瞬間だった。

3

その夜。

チジックの城の菜園に、奇妙な声が響き渡った。

「一本、二本、三本、四本……」

そして、翌日の午後。

開花の遅れていたアネモネが一斉《いっせい》に咲《さ》き誇《ほこ》り、大地を真っ赤に染めあげているのを目《ま》の当《あ》たりにしながら、ウィリアムがネイサンに訊く。

「なあ、ネイト。正直に言って、君は、この現象をどう思う？」

「どうって、そうだね」

ウィリアムの隣で簡易式の椅子に腰かけ紅茶をおいしそうにすすりながら少し考え込んだネイサンが、「まあ」と応じる。

「ラディッシュの異常繁殖が止まり、こうしてアネモネもきれいに咲いたのだから、余計なことは考えず、『なべて世はこともなし』と思えばいいんじゃないか？」

「『なべて世はこともなし』か。……たしかにね」

そこでホッとしたように肩をすくめたウィリアムが紅茶を一口飲み、風に揺れるアネモネの中にポツンと一つ落ちているラディッシュを見つめながら「つまり」としみじみ続けた。

「神の御業《みわざ》は未《いま》だ計り知れない、ってことだな」

不思議なことは不思議なまま、まかり通る——。

それは、ヴィクトリア朝中庸《ちゅうよう》に起きた摩訶《まか》不思議な出来事の一つであった。

あとがき

篠原美季

人の世に「永遠」というものはないんだなと、この頃、つくづく思います。「ゆく河の流れは絶えずして、しかももとの水にあらず」とはまさにその通りで、コロナ後の世界も、きっと以前とは違う水が流れているのでしょうね。

そんな中、出版界もコロナ禍《か》ですっかり様変わりし、ライトノベル系の書籍は各社とも一気に電子書き下ろしが中心になってしまいました。いまだ紙の本に重きを置いている私としては淋《さみ》しい限りですが、これも時代の流れと受け入れるしかありません。三十三年という長きにわたった雑誌「小説ウィングス」の休刊も併《あわ》せ、なくならないものはないのだと、ここでも改めて実感しました。

ただ、ありがたいことに、このシリーズは今回の最終巻まで文庫本として刊行させていただくことができ、出版社並びに応援してくださった皆様には心から感謝いたします。

ということで、のっけから少ししんみりしましたが、こんにちは、篠原《しのはら》美季《みき》です。

「倫敦《ロンドン》花幻譚《かげんたん》5　ミュゲ～天国への階《きざはし》～」をお届けしました

このシリーズは、私にしては珍しく超美形で万能の人が主人公でしたが、なんだか書いていてとても楽しいものでした。それに加え、以前にも申し上げた通り、ヴィクトリア朝という時代は、実にロマンに満ちていてワクワクします。機会があれば、またヴィクトリア朝を舞台にしたお話が書けたらいいな。その時の主人公の職業は、いくつか候補があって、どれにしようかすごく迷いそうです（笑）。

内容としては、思った以上にネイサンとウィリアムの仲違《なかたが》いが長引き、どうするんだ〜と思っているうちに、ネイサンがヨーロッパへ渡って本来の職業とは違う仕事をしてきたり、一緒にヨーロッパに渡ったレベッカが一人前のプラントハンターとして仕事をしたり、はたまた「透明人間」になったりと、盛りだくさんの内容になっているのではないでしょうか。

そして、みんな、さりげなく年をとっている。

いちおう、設定として、シリーズのスタート当初より十歳以上は年を取ったはずで、今回の作中「若い独身公爵」と形容していたら、校閲《こうえつ》の方に「もう若くないのでは……」と控《ひか》えめにご指摘を受け、「ごもっとも」と思って慌てて修正しました（笑）。

それはそれとして、今回名前が出てきた「パクストン」氏、歴史的偉業を達成した実在する人物である彼が、実はその裏である人々からこんな協力を得ていたなんて、ちょっといいですよね。もちろん、パクストンが実際に庭園主任を務めていたのは、デボンシャー公爵の本拠地《ほんきょち》であるチャッツワース城であって、「ロンダール・パレス」ではありませんが、そこはまあ、ご愛嬌《あいきょう》ということで――。

なんにせよ、ある特定の時代を舞台にすると、こんなお遊びができるから楽しいです。

それと、もう一つ。
今回の物語の中核の一つをなすヴィクトリア朝時代の医療や解剖《かいぼう》の状況についてですが、ほんの百五十年くらい前の人たちって、ケガをした時に麻酔《ますい》なしで手術をしていたんですね。信じられますか⁉

もう「痛〰〰い！」なんてものではないと思うのですけど、当然、治療中は暴れまくって余計なところを傷つけたり縫《ぬ》ったり、傷は広がる一方だったでしょうね。でも、麻酔をするようになっても生存率はあがらず、そこから感染医療という分野が確立していったというのですから、人間って賢い。

改めて「なぜ？」とか「どうして？」という疑問が、私たちの文化を発展させてきたのだなと思いましたし、それがあったからこそ、今回「コロナ」とも戦えたわけです。
ということで、それも含め、ここで参考文献をあげ、今回も御礼の代わりとさせていただきます。

良書は、物語を創作していく上で、発想の端緒《たんしょ》となる本当にありがたい存在です。

・「図説　花と庭園の文化事典」　ガブリエル・ターギット著　遠山茂樹訳　八坂書房
・「ヴィクトリア朝医療の歴史：外科医ジョゼフ・リスターと歴史を変えた治療法」　リンジー・フィッツハリス著　田中恵理香訳　原書房

・「花の神話と伝説」　C・M・スキナー著　垂水雄二・福屋正修訳　八坂書房
・「世界植物神話」　篠田知和基著　八坂書房
・「世界植物探検の歴史　地球を駆けたプラント・ハンターたち」　キャロリン・フライ著　甲斐理恵子訳　原書房

他にも、プラントハンターについて、図書館で借りた本でどうしてもタイトルを思い出せないものがあるのですが、少し前に資料を整理した際、コピーを捨てたかなにかしたらしく見つかりませんでした。本当に申し訳ありません。

ということで、最後になりましたが、シリーズにお付き合いくださった烏羽《からすば》雨《あめ》先生、麗《うるわ》しいイラストの数々をありがとうございました。一緒にお仕事ができて光栄でした。

またこのシリーズを手に取って読んでくださった方々に、多大なる感謝を捧《ささ》げます。

次回、またどこかでお会いできることを祈って——。


新たな始まりを予感させる卯月《うづき》の夜に。

篠原美季　拝

【初出一覧】
ミュゲ〜天国への階〜：小説Wings '21夏号（No.112）〜 '21年秋号（No.113）掲載
はつか大根の怪〜ラディッシュ・エクスプローソン〜：書き下ろし

この本を読んでのご意見、ご感想などをお寄せください。
篠原美季先生・烏羽 雨先生へのはげましのおたよりもお待ちしております。
〒113-0024　東京都文京区西片2-19-18　新書館
［ご意見・ご感想］小説Wings編集部「倫敦花幻譚⑤　ミュゲ〜天国への階〜」係
［はげましのおたより］小説Wings編集部気付○○先生

倫敦花幻譚⑤
ミュゲ〜天国への階〜

著者：**篠原美季** ©Miki SHINOHARA
初版発行：2022年5月25日発行

発行所：株式会社 新書館
［編集］〒113-0024　東京都文京区西片2-19-18　電話 03-3811-2631
［営業］〒174-0043　東京都板橋区坂下1-22-14　電話 03-5970-3840
［URL］https://www.shinshokan.co.jp/

印刷・製本：加藤文明社

ISBN978-4-403-54239-8 Printed in Japan

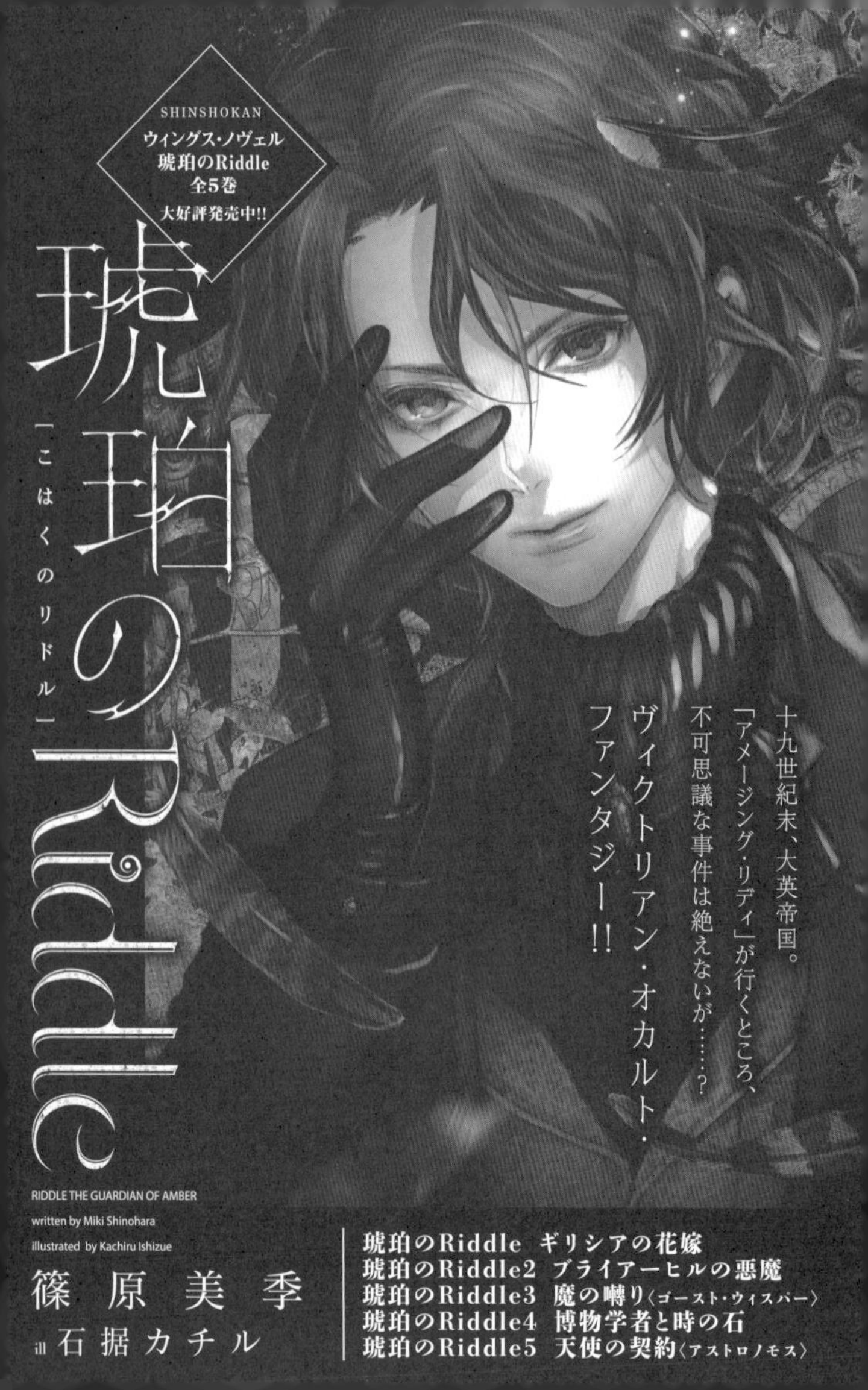
SHINSHOKAN
ウィングス・ノヴェル
琥珀のRiddle
全5巻
大好評発売中!!
琥珀のRiddle
「こはくのリドル」
十九世紀末、大英帝国。
「アメージング・リディ」が行くところ、
不可思議な事件は絶えないが……?
ヴィクトリアン・オカルト・
ファンタジー!!
RIDDLE THE GUARDIAN OF AMBER
written by Miki Shinohara
illustrated by Kachiru Ishizue
篠原美季
ill 石据カチル
琥珀のRiddle　ギリシアの花嫁
琥珀のRiddle2　ブライアーヒルの悪魔
琥珀のRiddle3　魔の囀り〈ゴースト・ウィスパー〉
琥珀のRiddle4　博物学者と時の石
琥珀のRiddle5　天使の契約〈アストロノモス〉